www.tredition.de

AF197869

Geschichten aus einer anderen Welt faszinierten mich schon als kleines Mädchen. Der nahe gelegene Wald mit all seinen Bewohnern, den Elfen, Hexen, Feen, den Wald- und Baumgeistern waren seit frühester Kindheit mein Zuhause. Fantasie und Realität verschmolzen miteinander. So schreibe ich noch immer Geschichten für alle, die sich eine Kinderseele bewahrt haben.

Herzenswärme, Glaube, Hoffnung und Toleranz soll dieses kleine Buch vermitteln und seinen Lesern in schwierigen Lebenssituationen Trost und Zuversicht spenden.

Christel Maria Zwillus

Christel Maria Zwillus

Wer weiß wohin

*Man muss der Trauer begegnet sein,
um das Glück zu erkennen*

*Eine Geschichte vom Anfang
und der Endlichkeit*

www.tredition.de

© 2016 Christel Maria Zwillus
www.traumfluegel.de

Verlag: tredition GmbH, Hamburg

Covergestaltung: Günter Karl, Mannheim; LVD, Berlin
Lektorat, Korrektorat: Norbert Schippel, Christine Graw
Satz und Layout: Norbert Schippel

1. Auflage 2016

ISBN
Paperback: 978-3-7323-7583-7
Hardcover: 978-3-7323-7584-4
e-Book: 978-3-7323-7585-1

Printed in Germany

Vorwort

Kinder scheinen heutzutage alles zu kennen und alles zu wissen. Smartphones und Apps, digitale Wirklichkeiten und ferne Länder, Krisen und Widrigkeiten, Verlockungen, Chancen und Gefahren. Über allgegenwärtige Bildschirme gelangen ungefilterte Informationen und mitunter Desinformationen ins Wohn- oder gar Kinderzimmer. Wir sprechen mit den Kindern über Delfine, Einhörner und Eisbären, Klimaveränderungen und Weltraumforschung, Syrien und Bürgerkriege, über Russland und die Ukraine, Präsidentschaftswahlen im Ausland und die Politik daheim, über Flüchtlinge, Religionen, Extremismus und die Kleider für die neue Puppe oder die Fußballschuhe, die auch vom Idol getragen werden.

Und plötzlich stellt sich die Frage nach dem Fortgang eines geliebten Menschen, der Großmutter oder des Großvaters vielleicht, manchmal gar eines Elternteils. Von Geschwistern oder Freunden. Durch Alter, Krankheit oder Unfall, gar durch Gewalt. Eventuell stirbt auch nur das Haustier, und trotzdem ist die Hilflosigkeit groß. Wir merken in diesen Situationen, wie wenig nicht nur unsere Kinder wissen, sondern auch wie wenig wir in der Lage sind zu erklären. Wir scheuen zurück vor Unaussprechlichem, wir hadern mit dem Unbefriedigenden, wir können Kinder nicht trösten, weil wir mit der eigenen Trauer nicht umzugehen wissen.

Christel Maria Zwillus nimmt uns mit ihrem so kindgerechten wie philosophischen Buch „Wer weiß wohin" die Scheu vor der großen, der existenziellen Frage.

Oma Olga ist gestorben, der kleine Gustav ist traurig, aber er findet Antworten. Bei Penelope, der rosaroten Wolke, die seine Freundin ist. Bei Tara, dem Weltenbaum, bei vielen Tieren, die sich dort zum Gespräch versammeln und zur oft kontroversen Diskussion. Wenn Robert, die Raupe, und Karlo, der Kohlweißling, durch die „Geschichte vom Anfang und der Endlichkeit" führen, dann begreifen wir alle, dass das Ende nicht final sein muss. Auch Grabert, der Maulwurf, trägt zur Aufklärung über das wahre Wesen des Seins bei, ebenso wie Stanislaus, der Stichling. Sogar Platon taucht am Rande auf.

Die kluge Geschichte der Künstlerin und bewährten Kinderbuchautorin bezaubert durch die einfache Sprache, mit der das große Bild gemalt wird. Alles findet statt auf dem Gelände des Sonnenhofs, in dem kranke Kinder leben, die ebenso wie Oma Olga „bald in eine neue Welt gehen". Gehört Gustav dazu? Wir wissen es nicht. Aber der Rahmen dieses Kinderhospizes, der melancholisch stimmt, wird überstrahlt, bis die Wehmut schmilzt.

Ob es einen „Kreislauf der Wiedergeburt" gibt, wie ein Schmetterling erzählt, oder wir die Kraft haben, an ein Leben nach dem Tod zu glauben, ist dabei gar nicht entscheidend. Sondern dass es bei aller Trauer über den irdischen Tod eines Menschen oder eines anderen Lebewesens auch die Hoffnung gibt. Und sie stirbt nicht zuletzt, sondern nie.

Ansgar Graw
Senior Political Correspondent
DIE WELT / WELT am Sonntag / www.weltN24.de
Washington, USA

Widmung

Dieses kleine Buch ist zwei großen Menschen gewidmet: *Barbara* und *Jürgen Schulz* in Berlin. Zwei Menschen, die mit Liebe, Hingabe und Fürsorge, nach dem Tod ihres Sohnes Björn, zunächst die KINDERHILFE - Hilfe für leukämie- und tumorkranke Kinder e.V. mit anderen Eltern gegründet haben. Später wurden die Björn-Schulz-Stiftung mit dem Kinderhospiz "Sonnenhof" in Berlin und weiteren Niederlassungen in Brandenburg und Sachsen-Anhalt sowie Nachsorgehäuser auf Sylt und am Chiemsee von ihnen ins Leben gerufen.

Es ist ebenso meinem Mann, *Norbert Schippel*, gewidmet, der mich mit großer Liebe und Geduld durch alle Höhen und Tiefen beim Verfassen des Buches mit Rat und Tat begleitet und unterstützt hat. Danke, Norbert.

Danksagung

Meinen Dank für die Unterstützung möchte ich an dieser Stelle *Erika Unger* sagen, die mit unendlicher Geduld Kapitel für Kapitel begleitet und zugehört hat, meiner Freundin *Dorothea Quella*, die mich als meine Seelenverwandte immer wieder bestärkt hat, das Richtige zu tun, meinem Freund *Dr. Bodo Wegmann* und meiner Nichte *Dr. Frauke Buchholz*, die mir mit Rat und Tat zur Seite standen, meiner Freundin *Petra Glöckner*, die mit aufmunternden Worten zur Stelle war, wenn ich sie brauchte, *Günter Karl* für seinen großartigen Coverentwurf und seine hilfreichen Tipps, *Christine Graw*, die mit großer Präzision Korrektur gelesen hat, meinem langjährigen Freund *Ansgar Graw* für sein einfühlsames Vorwort sowie *Matthias Ernst Holzmann* für die großartige Zusammenarbeit beim Sprechen und Vertonen des gleichnamigen Hörbuchs.

Allen diesen Menschen gilt mein inniger Dank.

Christel Maria Zwillus

Wer weiß wohin

Es war ein schöner Tag, die Sonne stand hoch am Himmel, als Oma Olga unsere Welt verließ und starb.

Zum Abschied sagte sie zum kleinen Gustav: „Sei nicht traurig, Gustav, ich verlasse jetzt diese Welt und gehe in eine andere, heitere, dorthin, wo schon viele andere Seelen auf mich warten. Und in dieser Welt, kleiner Gustav, werde ich auch auf dich warten, bis du irgendwann dort ankommst und wir uns wiedersehen."

„Oma Olga, wie heißt diese Welt, und wo ist sie"? fragte Gustav neugierig. Doch Oma Olga antwortete nicht mehr, sie hatte sich schon auf den Weg gemacht.

Gustav dachte nach, er hatte Oma Olga nicht so ganz verstanden. Was meinte sie mit der anderen Welt, die so schön ist, und was waren das für Seelen, die auf Oma Olga warteten?

Gustav hatte so viele Fragen. Aber, da Oma Olga nicht mehr antwortete, gab er ihr zum Abschied einen Kuss und ging zu Tara, dem alten Weltenbaum, denn dort wollte er seine Freundin, die rosarote Wolke Penelope, treffen.

Penelope war seine beste Freundin, sie kannten sich schon lange. Eigentlich wohnte Penelope am Himmel, aber immer wenn Gustav Fragen hatte, die ihm keiner so recht erklären konnte, kam Penelope auf die Erde, und beide trafen sich bei Tara, dem alten Weltenbaum, um dies und das zu besprechen. Sie redeten über die Dinge, die Gustav bewegten, und Penelope beantwortete jede von Gustavs Fragen so, dass er sie verstand und keine Antwort offen blieb.

Als Gustav bei Tara, dem Weltenbaum, ankam, saß Penelope schon auf einem Ast und erwartete ihn. Penelope wusste, dass Gustav traurig war und diesmal ganz besondere Fragen hatte, denn sie kannte die Ungeduld seines Herzens.

Karlo Kohlweißling, der erste Schmetterling im Frühling, war ebenfalls eingetroffen und hatte sich zu Penelope auf den Ast gesetzt. Er wohnte, wie viele andere seiner Artgenossen, auf dem Schmetterlingsbaum im Garten des Sonnenhofs.

Hier tummelten sich jahrein, jahraus viele Schmetterlinge, aber heute war ein ganz besonderer Tag, denn heute wollten sich alle von Nah und Fern auf dem Schmetterlingsbaum im Garten treffen und sich erzählen, was sie hier und dort gesehen, gehört und erlebt hatten.

Der Sonnenhof ist ein wunderschönes Haus, in dem kranke Kinder leben und die, wie Oma Olga, bald in eine neue Welt gehen. Es ist ein Haus des Abschieds, in dem Trauer und Liebe sich zärtlich die Hände reichen und die andere Welt näher und näher kommt.

Gustav hatte Penelope, Tara, den Weltenbaum, und Karlo, den Schmetterling, begrüßt und sich neben Penelope auf den Ast gesetzt.

„Ich hab so viele Fragen, Penelope".

„Ich weiß, ich weiß - Oma Olga" sagte sie leise, dabei streichelte sie tröstend über Gustavs Haar.

Robert, die Raupe, die unter der Rinde des Weltenbaumes wohnt, wollte sehen, was los war und lugte vorsichtig um die Ecke. Als sie den Kohlweißling erblickte, begrüßte sie ihn freudig, denn die Raupe konnte es kaum erwarten, selbst ein schöner Schmetterling zu sein.

„Hallo Kohlweißling"! rief sie erfreut

> *„Ich lebe nur noch kurz in dieser Zeit*
> *Der Übergang ist nicht mehr weit*
> *Dann bin ich auch so schön wie du*
> *Und fliege durch die Lüfte"*

„Lass dir Zeit, lass dir Zeit, ein kleiner Weg nur, dann ist es auch für dich soweit…." Der Schmetterling lächelte und machte sich zum Abflug bereit.

Bevor er seine Flügel ausbreitete, rief er der Raupe
zu:

„Es ist ein kurzer Weg zur Endlichkeit
Für eine Zeit bist du nur hier
Für eine Zeit bleib ich bei dir
Doch nur für eine kurze Zeit..."

Noch einmal hob er seine Flügel zum Gruß, dann
flatterte er davon.

Gustav unterdessen hatte sich ganz fest an Penelope
gekuschelt und schaute sie traurig an. „Penelope,
zum Abschied hat sie mir gesagt, sie würde in einer
anderen, schöneren Welt auf mich warten. Kennst du
diese schönere Welt, Penelope?" fragte Gustav seine
Freundin.

„Kennen ist zu viel gesagt, Gustav, aber ab und zu
habe ich die eine oder andere Seele schon dorthin
begleitet."

„Gehen alle Seelen irgendwann in eine andere
Welt?" fragte Gustav und versuchte zu verstehen.
„Auch die Seelen von Tieren, Blumen und Bäu-
men?"

„Ja, Gustav, alle Seelen kommen aus einer anderen
Welt, und irgendwann gehen die Seelen aller Lebewesen wieder in eine andere Welt. Jedes Lebewesen
folgt einer Gesetzmäßigkeit und seiner Bestimmung."

„Was ist eine Bestimmung, und was ist eine Gesetz-mäßigkeit?" fragte Gustav, der mit Penelopes Erklärung noch nicht viel anfangen konnte.

„Später, Gustav, werde ich dir alles genau erklären, und du wirst erfahren, dass viele Welten im großen Universum nebeneinander existieren und Abschied und Wiedersehen untrennbar miteinander verbunden sind. Und das, Gustav, ist eine Gesetzmäßigkeit. Und eine Gesetzmäßigkeit verbindet alle Lebewesen auf die eine oder andere Weise. Komm, Gustav, lass uns zum Sonnenhof fliegen, dort wirst du noch viel mehr erfahren und besser verstehen".

Ein leichter Abendwind kam auf und begleitete die beiden zum Garten der gaukelnden Schmetterlinge.

Im Garten der gaukelnden Schmetterlinge

Im Schmetterlingsgarten herrschte ein geschäftiges Treiben. Schmetterlinge aus aller Welt hatten sich angekündigt.

Der Abendwind, der Gustav und Penelope zum Sonnenhof begleitet hatte, sang wie jeden Abend den Kindern sein Gute-Nacht-Lied, und die Blätter der Bäume rauschten und sangen dazu:

Ich bin der Wind, nehm' deine Hand
und führe dich ins Traumesland
ich bin der Wind und gebe acht
dass jeder deiner Träume sacht
ich bin der Wind
nun schlafe ein
die Träume werden Hüter sein
ich bin der Wind

So sang er zum Abschied, dann wurde auch er sanft und leise. Die Blätter der Bäume säuselten noch einmal, dann waren auch sie still.

Beinahe alle Tiere des Sonnenhofs hatten sich versammelt, jedenfalls die, die am Tag aktiv waren und die Dinge taten, zu denen man Licht und Schatten brauchte.

Allerdings die Tiere, die die Nacht zu ihrem Tag machten und nachts geschäftig hin und her eilten, ließen noch auf sich warten.

Die Eule Thula, Grabert, der Maulwurf, Igor, der Igel, und all die anderen, die nachts so unterwegs sind, hatten durch den Kohlweißling ausrichten lassen, dass sie erst mit Einbruch der Dunkelheit eintreffen würden.

Nur Kitty, die Katze, die meistens am Tag schlief und ebenfalls gerne in der Nacht unterwegs war, saß, entgegen ihrer sonstigen Gewohnheit, traurig und bekümmert auf einem Ast des Schmetterlingsbaumes und ließ sich vom leichten Abendwind ihr Fell streicheln. Die Sonnenhofkatze hatte fünf Katzenkinder geboren, die sie liebte, hegte und pflegte. Alle gediehen prächtig, tollten umher, waren voller Lebensfreude und genossen jeden Tag und jede Stunde ihres Katzendaseins.

Nur Murrle, das jüngste und kleinste der Katzenkinder, spürte diese Lebensfreude nicht. Meist lag es müde und erschöpft auf dem Bauch der Katzenmutter, denn es war sehr krank.

Murrle tollte und spielte nicht mit den anderen, und trinken wollte das Katzenkind auch nicht.

Die Katzenmutter gab sich die allergrößte Mühe und ließ ihrem Jungen die beste Pflege angedeihen. Aber es nutzte nichts. Nichts wollte helfen. Und so geschah es, dass sich Murrles Seele verabschiedete, und die kleine Katze starb.

Das Lied der Nachtigall hatte sie auf dem Weg in die andere Welt begleitet.

Murrles Geschwister waren erschrocken und traurig und Kitty, die Katzenmutter suchte händeringend nach Antworten auf die vielen Fragen, die die kleinen Katzen an sie richteten, wenn sie nach dem "Wieso und Warum" fragten. „Das Licht der Endlichkeit ist ein ständiger Begleiter, und keiner weiß, wann unsere Lebensflamme erlischt und der Lichtstrahl uns in die Ewigkeit trägt", sagte die Katze versonnen und betrachtete hoffnungsvoll ihre Katzenkinder.

Der Sonnenhof hat seine eigenen Gesetze. Sie sind sehr unterschiedlicher Natur, denn es ist ein Ort des Abschieds, der Stille und der inneren Einkehr.

Im Garten des Sonnenhofs ist es üblich, dass sich alle Tiere am frühen Abend beim Schmetterlingsbaum treffen, wenn eine Seele den Garten verlassen hat und ihre Reise ins andere Universum antritt. An dieses Ritual halten sich alle Tiere, gleichgültig ob Maulwurf, Eule, Nachtigall oder Heckenspatz.

Egal, ob einer von ihnen am Tag oder in der Nacht unterwegs ist.

Sie versammeln sich alle, meist in der Abenddämmerung, kurz bevor die Tiere, die ihr Tagewerk beendet haben und schlafen gehen und die, die in der Nacht unterwegs sind, sich für die Dunkelheit rüsten.

Meist sagt das Abendrot noch "Adieu", bevor etwas später der Mond und seine Sterne am Himmel ihre Plätze einnehmen.

Alle, die sich versammelt haben, auch die, die ständig im Garten leben, halten eine stille Andacht und geben der Seele liebe Gedanken mit auf die Reise.

Zum Abschied singen sie oft ein wehmütiges Lied:

> *Warum gingst du so früh auf die Reise*
> *wir haben dich so geliebt*
> *das Schicksal zog seine Kreise*
> *das Schicksal macht manchmal betrübt*
> *Warum gingst du so früh auf die Reise?*

Als auch der letzte Grashalm das Abschiedslied gesungen hatte, auf dessen Frage wir keine Antwort wissen, schnaufte Igor, der Igel: "So, ich muss weiter, die Kleinen warten auf ihr Abendbrot". Er wollte nicht, dass jemand seine Rührung sah, wenn er sich heimlich eine Träne aus dem Stachelkleid wischte, denn er war ein sehr stachliger Igel und versteckte seine Gefühle immer so gut er konnte.

"Nicht auf alle Fragen gibt es eine Antwort, jedenfalls nicht in dem Augenblick, in dem wir sie stellen und uns die Antwort Trost sein soll", rief die weise Eule dem Igel zu. Die lebenskluge Thula bemerkte als Einzige, dass die Futtersuche nur ein Vorwand war und Igor seine Gefühle nicht zeigen wollte.

"Lass gut sein, Thula", gab der Igel zurück. "Jeder hat seine eigene Sicht und erklärt sich die Geschehnisse auf seine Weise."

Die Eule nickte und machte eine beschwichtigende Geste. "Lasst uns diesen Abend gemeinsam verbringen, denn auch die Nachfalter haben ihr Kommen angekündigt und wollen berichten, was sie hier und dort auf der Welt gesehen, gehört und erlebt haben.

Es gibt viele unterschiedliche Gärten des Abschieds auf dieser Welt, und unser Herz wird auf die unterschiedlichste Art und Weise berührt."

"Davon zu hören, macht nicht dümmer", bemerkte der Igel. "Vielleicht haben ja die Schmetterlinge die eine oder andere Antwort auf unsere Fragen", schnaufte er versöhnlich, machte eine Kehrtwendung und gesellte sich wieder zu den anderen.

Die Eule war zufrieden. Für sie war es eine Herzensangelegenheit. Es machte sie glücklich, wenn jeder Bewohner des Sonnenhofs getröstet einschlief, egal wie viel Trauer er in seinem Herzen trug.

Das war Thulas Wunsch für alle Lebewesen, für Groß und Klein, für Mensch und Tier.

Denn jeder, der im Garten lebte, hatte schon vieles gehört und gesehen und kannte beinahe alle Gefühle, die schönen und die weniger schönen, die glücklichen und die weniger glücklichen.

Die traurigen Augenblicke und die Momente der Hoffnung auf ein späteres Wiedersehen. Ja, so ist es im Garten der gaukelnden Schmetterlinge.

Gustav hatte den Tieren aufmerksam zugehört, denn an diesem Ort sprechen alle eine Sprache. Es ist die Sprache der Emotionen. Sie braucht nicht viele Worte, sie spricht durch Gesten, Blicke, Gefühle und berührte Herzen.

Langsam verstand Gustav, dass es neben der Welt, die er kennt, noch eine andere gibt. Vielleicht sogar viele andere, wer weiß?

Penelope, die rosarote Wolke, schien seine Gedanken zu kennen. "Ja, Gustav, schau dir alles genau an, höre zu, und du wirst spüren, dass Dinge existieren, auf die es viele Fragen, aber keine Antwort gibt. Jedenfalls nicht in dem Augenblick, in dem du eine Antwort suchst", so erklärte die Wolke weiter.

Gustav nickte nachdenklich und schaute zu Zara, der Ziege, die gerade angekommen war und ein freundliches "Meck Meck" in die Runde rief.

Dann knabberte sie genüsslich an den Blättern des Schmetterlingsbaumes.

"Lass das, mir ist nicht nach Schaukeln", rief der Kohlweißling verärgert und flatterte zu einem höheren Ast, der für die Ziege unerreichbar war.

"Wollte dich nicht ärgern, Kohlweißling!"

"Schon gut, Zara, hast mich nur im Traum gestört, sonst ist ja nichts passiert", erklärte der Schmetterling und dachte weiter über sein Leben nach.

Die Regenwürmer, die sich den ganzen Tag durch die feuchte Erde gewühlt und viele kleine Düngerhaufen auf den Beeten hinterlassen hatten, begrüßten die Gesellschaft mit einem müden "Glückauf", dann ließen sie sich erschöpft ins Gras fallen.

Die Wassernixen hatten sich am Rande des Teiches zum Abendreigen aufgestellt, die Frösche quakten gerade ihr Abendlied, als Grabert, der Maulwurf, seinen Kopf aus dem frisch aufgeworfenen Maulwurfshügel steckte.

"Gibt's was Neues?" fragte er in die Runde.

"Kiwitt-Uhu" rief die Eule, "du weißt schon alles, außer, dass wir beim letzten Sonnenstrahl die Seele der kleinen Katze zum Goldenen Stern gebracht haben. Damit er sie sicher in den Katzenhimmel begleitet."

Gustav schaute zur rosaroten Wolke. „Haben nur Katzenseelen einen Goldenen Stern, Penelope?" fragte Gustav verwundert.

"Nein, Gustav, die Seelen aller Lebewesen bekommen einen Goldenen Stern, der sie schützt und auf ihrer Reise ins andere Universum begleitet."

„Was ist mit Oma Olga? Hat Oma Olga auch einen Goldenen Stern, der sie beschützt?"

„Natürlich, Gustav, alle Seelen haben einen Goldenen Stern. Er ist sehr wichtig", so fuhr die Wolke fort, „denn so wissen alle, die noch in dieser Welt leben, dass die Seelen in der anderen Welt glücklich sind".

Gustav war froh, dass Oma Olga auch einen Goldenen Stern hat, der sie beschützt und darauf achtet, dass es ihr gut geht.

"Außerdem haben die Goldenen Sterne noch eine besondere Aufgabe", so erklärte die Wolke weiter. „Sie tragen die lieben Gedanken, die wir für die anderen hegen, immer zu der Seele, an die wir gerade denken. Und so, Gustav, sind beide Welten immer durch ein goldenes Gedankenband miteinander verbunden, und so wird die Erinnerung ein treuer Begleiter."

„Werde ich auch irgendwann ein solches Band und einen Goldenen Stern haben"? fragte Gustav.

"Irgendwann", sagte die Wolke, „aber bis dahin wird sicher noch viel Zeit vergehen".

Schmetterlinge aus aller Welt finden sich ein

R oberto Mariposa, wo willst du noch hin?" rief der Kohlweißling seinem Cousin aus den Anden zu, der gerade an Karlo und am Schmetterlingsbaum vorbeiflog.

Der Kohlweißling hatte es sich auf dem Schmetterlingsbaum gemütlich gemacht, ließ sich von der sanften Abendsonne wärmen und hing seinen Gedanken nach.

„Roberto, Roberto, hier bin ich, hier, auf dem Schmetterlingsbaum", rief er noch einmal.

Und erst jetzt schien sein Gast aus den Anden, im fernen Südamerika, ihn zu hören.

Roberto machte eine Kehrtwendung und flog direkt auf den Ast zu, auf dem der Kohlweißling saß.

"Buenas tardes, Cousin", rief der Gast aus der Fremde, „ich bin dem Licht entgegen geflogen und konnte dich nicht sehen, aber jetzt endlich…"

Mit diesen Worten und einem erschöpften Flügelschlag ließ sich der Ankömmling neben seinem Vetter nieder.

Beide berührten ihre Flügel zum Gruß. Das ist bei allen Schmetterlingen auf der ganzen Welt so Sitte.

„Merkwürdige Geste", sagte die Eule zu sich, die als Erste angekommen war und sich zum Verschnaufen auf einem Ast des Baumes niederließ, der neben dem Teich stand.

„Sei mir herzlich willkommen, Roberto", so ließ sich der Kohlweißling vernehmen. „Hattest du eine gute Reise, und kommt noch mehr Verwandtschaft aus den Anden"? fragte er und schaute bewundernd auf die prächtigen bunten Flügel des Vetters.

Diese Farbenpracht hätte seinen Flügeln sicher auch mehr Aufmerksamkeit geschenkt, aber, was nicht ist, das ist nicht, so beschwichtigte der Kohlweißling seine Gedanken.

„Ist was nicht in Ordnung?" fragte Roberto, der Karlos Blick gespürt hatte. „Nee, nee", sagte der Kohlweißling, „hab nur deine Flügel bewundert. Sie sehen prächtig aus", sagte er voller Anerkennung.

„Ach ja, die Anderen", mit diesen Worten griff Roberto Karlos Frage auf. „Sie werden nach und nach ankommen. Sie hatten keine Eile, sind langsamer geflogen und haben ihre Kräfte besser eingeteilt. Ich allerdings musste schneller sein, denn ich wollte noch mit Gerda, der Grille, mein Lied üben, das ich den Kindern und den anderen Tieren als Geschenk mitgebracht habe, um ihnen Trost zu spenden, damit der Abschied leichter fällt."

Roberto war ein sehr liebevoller Schmetterling. Er achtete sorgsam darauf, dass jede Seele, die getröstet werden musste, auch Trost bekam. Das war seine Aufgabe, und die erfüllte er gut, weil sie ihm sehr am Herzen lag und er seiner Bestimmung folgte.

Der Schmetterlingsbaum verströmte seinen betörenden Duft, und viele Schmetterlinge trafen im Sonnenhof ein. Sie kamen aus jeder Ecke der Welt, trugen prachtvolle Flügel und tauchten den Garten in ein buntes Licht.

Sie begrüßten alle Bewohner des Gartens. Die Kleinen, die Großen, die Kranken, die Gesunden und alle Tiere, die dort lebten und nach und nach ankamen.

Die Blätter des Schmetterlingsbaumes rauschten ein Lied vom Abschied und vom Wiedersehen. Der Abendwind ließ die Blätter im Reigen tanzen, die Sonne verschwand hinter den Wolken, und die Dämmerung wünschte dem Tag eine gute Nacht.

Die Frösche am Teich machten sich zum Nachtkonzert bereit. Gerda, die Grille, kam angeflogen, ließ sich auf einem Grashalm nieder, rieb sich die Hinterbeine und stimmte sich so auf Robertos Lied ein.

In der Zwischenzeit war auch der Letzte da. Alle waren versammelt - die Tiere des Sonnenhofs und ihre Freunde. Auch der längst erwartete Schmetterling aus Neapel hatte sich gerade auf dem Baum niedergelassen. Er wollte Roberto und die Grille mit seinem Gesang unterstützen.

Der Mond lugte um die Ecke, und der „Goldene Stern" stand über dem Dach des Sonnenhofs.

Eine rote Kerze stand auf der Fensterbank in Joschis Zimmer. Sie trug friedlich ihr Licht in seine kleine Seele, die zum Abschied bereit war. Joschi war sehr krank und sollte sich nun auf die Reise in die andere Welt machen. Die Tiere sangen:

> *Egal, wo du bist*
> *Wir sind da, wenn du nach uns schaust*
> *Wir sind da, wenn du uns brauchst*
> *Unsere Liebe wird dich begleiten*
> *Zu allen Zeiten*
> *denn wir sind da, wenn du uns brauchst*

Die Tiere verstummten, das Lied war zu Ende und der „Goldene Stern" begleitete Joschis Seele in die andere Welt.

Die Kerze auf der Fensterbank erlosch.

Die kleinen und die großen Menschen, die Tiere und all die anderen Lebewesen, die das Wissen um eine unbekannte Welt in ihren Herzen tragen, sagten Joschis Seele zum Abschied "Adieu" und gaben ihm liebe Gedanken mit auf die Reise.

Kitty, die Katzenmutter, maunzte hinterher: "Grüß mir meine Murrle, und sage ihr, dass ich oft an sie denke". Dann rollte sie sich zusammen und sah dem „Goldenen Stern" hinterher, der unermüdlich seine Bahn zog und zum Abschied noch einmal aufblinkte.

Der Weg zur Endlichkeit – Metamorphose

Der Schmetterlingsbaum war schon dicht besiedelt, kein Blatt war mehr zu sehen, und noch immer trafen neue Schmetterlinge ein.

Große, mit breiten Flügeln aus Südamerika, kleinere aus Europa, bunte, mit farbenfrohen Flügeln, schillernde und weniger schillernde.

„Meine Güte, ist das eine große Familie und alle sind so unterschiedlich", quakte Friederich, der Frosch, der am Rand des Teiches saß und verwundert dem Treiben der Schmetterlingsfamilie zuschaute. Er warf dem Kohlweißling einen anerkennenden Blick zu. „Kaum zu glauben, Karlo, du hast wirklich eine facettenreiche Sippe", quakte der Frosch beeindruckt, dann sprang er zu den anderen ins Wasser.

Gustav staunte. „Wo kommen die alle her, Penelope?" fragte Gustav, der noch nie so viele unterschiedliche Schmetterlinge gesehen hatte.

Der Kohlweißling schmunzelte, dann nickte er Gustav und der rosaroten Wolke zu und begann mit seiner Erklärung:

„Meine Familie ist in der ganzen Welt zuhause, mit einer Ausnahme: In den arktischen Regionen hat sich keiner von uns niedergelassen."

„Ist ihnen wohl zu kalt", quakte ein anderer Frosch, der sich neugierig auf den Teichrand gesetzt hatte und die Schmetterlingsfamilie mit seinen großen runden Augen musterte.

„Mag sein", entgegnete Karlo knapp, der keine Unterbrechung in seiner Erklärung mochte, dann erzählte er weiter.

„Unser Leben wird durch die Metamorphose bestimmt. Das ist ein Umwandlungsprozess, und diesen Prozess durchlebt jede Schmetterlingsseele, egal in welcher Entwicklungsphase sie sich befindet. Diese Gesetzmäßigkeit bestimmt und prägt unser Leben. Jede Phase ist ein Übergang in eine andere Lebensform, denn alles beginnt mit einem Ei", so fuhr der Kohlweißling fort, „daraus entsteht eine Raupe, die sich später verpuppt, und aus dieser Puppe schlüpft nach kurzer Zeit der Schmetterling."

Die Schmetterlinge unterstrichen die Ausführungen des Kohlweißlings mit kurzen Flügelschlägen.

Gloria, eine grüne Raupe, die vorsichtig aus dem Borkenkleid des Baumes hervor lugte, rief: „Ja, ja, so ist es bei uns. Es kurzes Raupenleben, das wir allerdings sehr genießen. Futter gibt es genug. Und wenn sich der Tag verabschiedet und wir müde sind, lassen wir uns sanft vom Abendwind in den Schlaf wiegen und morgens vom ersten Sonnenstrahl wecken. Und so sehen wir erwartungsvoll unserer Verpuppung entgegen, um danach als strahlender Schmetterling durch die Lüfte gaukeln zu können. Bald bin ich auch so schön wie ihr" rief sie den anderen Schmetterlingen zu, dann verschwand sie wieder hinter der Baumrinde.

„Zwei Leben, bevor man ein Schmetterling ist", fragte Gustav nachdenklich, „und ihr seid nie traurig, wenn ihr das eine Leben verlasst, um in das neue zu gehen?" so fragte er weiter.

„Nein, Gustav, wir wissen um unsere Bestimmung und folgen der Gesetzmäßigkeit, denn wir wissen schon lange, dass aus dem Alten immer wieder Neues entsteht, und so nährt unsere Schmetterlingsseele die Hoffnung auf ein neues Leben."

Gustav hatte aufmerksam zugehört und machte sich so seine Gedanken.

Roberto Mariposa, der Schmetterling aus den Anden, freute sich über die Wissbegierde des kleinen Jungen und versprach, davon zu erzählen, welche Rolle die Schmetterlinge im Glauben der Andenbewohner haben.

Die Nachtigall hatte sich dazugesellt und brachte mit ihrem Lied „Ich bin ein Gast im diesem Haus" das goldene Band zwischen beiden Welten zum Schwingen.

Glaube – Liebe – Hoffnung

Die Regenwürmer waren eingetroffen, der Igel hatte es sich unter dem Schmetterlingsbaum gemütlich gemacht. Die Teichbewohner hatten sich formiert. Die Schmetterlinge genossen die letzten Sonnenstrahlen. Kitty, die Katze, hatte sich neben die Eule Thula gesetzt.

Die weise Eule tröstete die Katzenmutter, die immer noch sehr traurig war und ihre kleine Murrle vermisste.

„Wenn du den Schatten akzeptierst, Kitty, wird später an anderer Stelle das Licht viel heller scheinen, und deine Seele wird Frieden finden. Lass dir Zeit und denk an die andere Welt, in der deine kleine Murrle jetzt glücklich ist."

So tröstete Thula, die Eule, die Katzenmutter, dann sprach sie weiter. „Die Dunkelheit umarmt die Herzen, wenn eine Seele von dannen zieht. Doch irgendwann geht auch die Dunkelheit, und das heilende Licht mit seiner strahlenden Kraft hält wieder Einzug. Mach dir die Zeit zum Freund, vertraue ihr, bis dein Herz die Ruhe findet, die es braucht. Dann wird die Trauer der Hoffnung weichen, und das Wissen um ein Wiedersehen wird in deiner Seele ein Zuhause finden."

Liebevoll sprach die Eule der Katzenmutter Trost zu.

Die Schmetterlinge nickten, die anderen Tiere hörten aufmerksam zu. Gustav schaute zu Roberto Mariposa. Roberto hatte sich schon lange mit den Mythen und Geschichten, die sich in aller Welt um die Schmetterlinge ranken, beschäftigt.

„Es gibt so viele unterschiedliche Geschichten, die von und über uns in aller Welt erzählt werden, Gustav. Kaum zu glauben, aber es ist wirklich so, jede ist anders. Alle Geschichten haben jedoch eines zum Ziel, das Leben nach dem Tod und die Endlichkeit zu erklären. Jedoch, jede Betrachtung ist anders. Vor langer Zeit, im alten Griechenland, trugen wir Schmetterlinge den Namen Psyche, denn die Menschen im antiken Griechenland glaubten, wir tragen die Seelen der Verstorbenen in uns. Auch in der damaligen Kunst spielte unser Körper eine bedeutende Rolle. Die Menschen sahen uns als Sinnbild der Wiedergeburt und der Unsterblichkeit. Und noch heute sind wir in der christlichen Kunst das Symbol für die Auferstehung. Deshalb findest du häufig Falter oder Puppen auf den Grabmalen vieler Friedhöfe in südlichen Ländern."

Penelope hatte sich neben ihren Freund, den kleinen Gustav, gesetzt. Sie hatte bemerkt, dass er aufmerksam zuhörte und ihn viele neue Fragen bewegten.

Roberto fuhr fort, denn es war ihm wichtig, dass Gustav die Gedanken der Menschen aus anderen Ländern und Erdteilen kennen lernte, um sich so seine eigenen machen zu können.

„Ja, Gustav, so war es, im alten Rom und im alten Griechenland. Da wurde unsere Verpuppung sogar als „Hülle des Toten" gedeutet und unser neues Leben, als Schmetterling, als eine Art „Auferstehung".

„Was hat sich verändert, was ist mit der Zeit, Roberto?", fragte Gustav, der alles begreifen wollte.

„Nichts, gar nichts, kleiner Gustav", entgegnete der Schmetterling. „Die Fragen sind geblieben, genau wie damals. Die Zeit hat nichts verändert in der Ewigkeit, denn die Zeit ist von Menschen gemacht. Es ist keine Gesetzmäßigkeit, wie die Sonne, der Mond und die Sterne. Sie ist anders als der Rhythmus der Gestirne. Die Zeit machen die Menschen, sie haben sich ihre eigenen Regeln erschaffen, denn sie wollen nie zu früh oder zu spät sein. Deshalb brauchen sie das, was sie „Zeit" nennen, für ihren Lebensplan. Sie haben sogar einen Zeitmesser erfunden, dem sie gehorchen."

„Sie nennen ihn Uhr", so quakte einer der Frösche vom Teich herüber. „Kein Tier und keine Pflanze braucht einen solchen Zeitmesser, nur die Menschen", so tönte er weiter. „Wir sind da besser dran, wir haben unsere innere Uhr und folgen dem Rhythmus des Universums".

Die Blätter der Bäume im Garten rauschten zustimmend, und Kitty, die Katzenmutter, legte ihren Kopf nachdenklich auf ihre Pfoten.

Gustav hatte gespannt zugehört, und immer mehr verstand er allmählich, wie viele unterschiedliche Formen der Wahrnehmung es gibt.

Nun wollte Roberto endlich seine Geschichte von den Indianern aus den Anden erzählen. Doch bevor er dazu kam, mischte sich sein Cousin aus Asien ein, denn auch er wollte seinen Beitrag zum besseren Verstehen leisten. „Bei uns", so begann er, „haben die Schmetterlinge eine ganz andere Bedeutung. Unsere Bedeutung ist ganz unterschiedlich. Manche Menschen sehen uns als Unglücksboten, andere wiederum als Todesboten, und ein ganz anderer Teil sieht uns als Symbol eines Neubeginns. Die meisten Menschen bauen diese Geschichten und Mythen um uns Schmetterlinge herum. Vielleicht helfen sie ihnen, die Unsterblichkeit der Seele zu begreifen, wer weiß."

„Ja, das könnte ein Grund für die vielen unterschiedlichen Erzählungen sein", rief Roberto Mariposa, der nun endlich erklären wollte, was sich die Menschen in seiner Heimat von den Schmetterlingen erzählen.

„Bei uns, in Mittelamerika", so begann Roberto, „glauben viele Menschen, dass wir Schmetterlinge, besonders die schwarz gefärbten, Todes- oder Feuerboten sind. Andere wiederum erzählen sich, dass die Schmetterlinge aus der anderen Welt kommen, um die Menschen in dieser Welt zu beschützen und sie später, wenn ihre Zeit gekommen ist, auf ihrer Reise in die andere Welt zu begleiten."

„Ach, es gibt so viele Geschichten", sagte Penelope, die rosarote Wolke, „wir fühlen, denken und handeln sehr unterschiedlich, und viele von uns sehen ein und dasselbe Geschehen, nur mit ihren Augen."

„So ist es", rief die Eule Thula, „denn jeder Betrachter sitzt auf einem anderen Berg und hat eine andere Sicht, und dabei erleben wir doch nur ein und dieselbe Situation. Meistens sehen wir die Dinge so, wie wir sie sehen wollen und nicht so, wie sie sind."

Nun verstand Gustav immer besser, dass jedes Augenpaar anders sieht und jeder Kopf anders denkt.
Er wurde still, hing seinen Gedanken nach. Er wollte spüren, was seine Seele fühlte.

Im Haus des Abschieds

Die Eule Thula hatte sich gerade von Grabert, dem Maulwurf, verabschiedet, und wollte sich zur wohlverdienten Tagesruhe begeben, als Kitty, die Katze, wehklagend und laut miauend, auf 3 Pfoten um die Ecke bog.

"Diese dummen Menschen", so schimpfte sie zornig, "werfen ihren Unrat überall hin. Ich habe mich an einer Scherbe geschnitten. Stell dir vor, Thula, ich war auf Futtersuche für die Jungen, und dann passiert so was!"

Kitty streckte der Eule, die ihren Abflug abgebrochen hatte, ihre verletzte Pfote entgegen.

"Das haben wir gleich", sagte Thula. Die Eule war nicht nur weise, sie kannte sich auch mit heilenden Kräutern aus. Thula flog zur Wiese, zupfte ein Blatt vom Breitwegerich und versorgte damit Kittys kranke Pfote.

"Bis Morgen ist alles wieder gut", sagte sie tröstend. "Gute Besserung", krächzte sie zum Abschied, dann flog sie dem Morgenrot entgegen.

Die Katze leckte ihre Pfote und wollte sich noch einen Moment von ihrem Schrecken erholen, als Papa Bär in den Garten trat.

Papa Bär hieß eigentlich ganz anders. Seine Schützlinge hatten ihm diesen Namen gegeben, und das hatte seinen Grund. Denn immer, wenn eines der Kinder traurig war und Trost brauchte, spürte es die Liebe des gütigen Mannes. Papa Bär nahm das Kind in seinen Arm, sprach ihm Mut und Trost zu und schenkte ihm, als Weggefährten, einen kleinen Plüschbären. Und so wurde er heimlich "Papa Bär" genannt.

Er war ein Mensch mit gütigen Augen und einem großen Herzen. Er leitete die Geschicke des Sonnenhofs und hatte für Groß und Klein immer ein gutes Wort. Er arbeitete unermüdlich und umsichtig und sorgte dafür, dass jeder seiner Schützlinge, bis zur Stunde des Abschieds, eine gute Zeit hatte, soweit es die Situation zuließ. Auch die Eltern und Geschwister spürten seine Anteilnahme und Fürsorge. Er gab ihnen Halt und hatte stets ein offenes Ohr für all ihre Sorgen und Nöte und meistens eine Lösung parat.

Jeder, der im Haus oder Garten wohnte, empfand die Wärme und Zuversicht. Papa Bär hatte schon des Öfteren in seinem Leben an einer Wegkreuzung gestanden und musste eine Entscheidung fällen.

Erfahrenes Leid hatte ihn auf den Weg zum tätigen Helfer geführt.

Die Seele seines kleinen Sohnes hatte sich sehr früh auf die Reise begeben und sich auf den Weg in die andere Welt gemacht. Jeder Winkel seines Herzens hatte eine Vielzahl von Gefühlen erlebt. Er hatte erfahren, dass Liebe, Glaube, Hoffnung und gute Freunde die wichtigsten Begleiter sind. Er war ein starker Mensch. Er konnte anderen, die seiner Hilfe bedurften, Zuversicht schenken und einen Teil der Last von ihren Schultern nehmen. Er sorgte dafür, dass das Feuer des Lebens in ihren Herzen nicht erlosch.

Als kluger Mann kannte er die Menschen und die Vielfalt ihrer Gefühle. Er war kalten und warmen Herzen begegnet, auch denen, die den Schlüssel zum eigenen Herzen verloren hatten. Kurz und gut, er kannte alle, die harten, die weichen, die zugänglichen und die verschlossenen. Er wusste, welcher Weg zu den Herzen führte.

Und das war wichtig, denn auch er hatte erfahren, dass ein sehr reicher Staat sehr arm sein kann, wenn es um die Belange kranker Kinder geht. So musste er immer wieder neue Möglichkeiten suchen, um das Geld heranzuschaffen, das für die Pflege der Kinder gebraucht wurde. Sorgfältig lenkte er die Geschicke des Sonnenhofs, und so bekamen die Kinder die beste Pflege, und das Haus strahlte Sonne, Güte und Liebe aus.

Träume öffnen das Tor
zu einer anderen Welt

Die Eule Thula und der Schmetterling aus den Anden waren in ein Gespräch vertieft. „Ja, das sehe ich genau so, Träume sind die Sprache unserer Seele, und manchmal öffnen sie das Tor zu einer anderen Welt, wenn man bereit ist, sich darauf einzulassen", sagte die weise Eule. Sie hatten sich ausführlich über die Botschaften der Seelen unterhalten, die sich oftmals durch Träume vermitteln.

Oft waren sie im Zwiegespräch mit ihrem Unterbewusstsein und hatten begriffen, dass das große Universum viele Wege und Möglichkeiten bereit hält, um Nachrichten von einer Welt in die andere zu senden. Und daher wussten sie um das Weiterleben der Menschenkinder, die diese Welt verlassen hatten, um in der geistigen Welt weiterzuleben. Zwar leben sie dort in einer anderen Form, aber sie sind dort glücklich, sicher und geborgen. Der Gedanke, dass es nach dem Tod ein anderes Leben gibt, war ihnen vertraut. Und so hatte der Abschied von diesem Leben für die beiden Tiere längst seinen Schrecken verloren. Sie wussten auch, und das hatten sie an diesem Ort oft erfahren, dass der Pfad zur Endlichkeit für jedes Lebewesen mal kürzer und mal länger ist. Und dabei gibt es keine Ausnahme. Denn jeder Mensch, jeder Baum und jedes Tier wird ihn einmal gehen, wenn seine Zeit gekommen ist. Und wenn man das Wissen um das Goldene Band in seinem Herzen trägt, geht man diesen Weg leichter. Das glaubten jedenfalls der Schmetterling und die Eule genauso wie die anderen Tiere, die im Garten des Sonnenhofes lebten.

Die Sonne hatte dem Tag ihr letztes Lächeln geschenkt, und das Abendrot hatte am Himmel seinen Platz eingenommen, als Hubertus, der Chef der Regenwürmer, hustend und prustend an die Oberfläche kam.

„Glückauf", rief er Grabert, dem Maulwurf zu, der sich in diesem Moment die letzten Erdkrümel aus seinem schwarzen Fell strich. „Glückauf, Regenwurm", gab Grabert zurück. „Gibt's was Neues?" fragte er den Wurm, wie jeden Abend, wenn sie sich im Garten des Sonnenhofs trafen. Meistens gab es nichts Neues, doch an diesem Tag schien es anders.

„Heute waren alle Regenwürmer unterwegs", so begann der Wurm mit seiner Erzählung. „Die einen hier, die anderen dort. Keiner brachte Neuigkeiten mit, nur Stups, der kleinste meiner Artgenossen, erzählte eine merkwürdige Geschichte, die mich aufhorchen ließ und die ich gerne allen Tieren erzählen möchte, wenn sie sich zum Nachtgesang versammeln."

„Wenn es wichtig ist, sollten es alle Tiere wissen, Hubertus, also warten wir, bis sie eingetroffen sind", sagte er zustimmend.

Es dauerte nicht lange, da hatten sich alle Frösche am Teichrand niedergelassen. Die Elfen und Wassernixen hatten sich zum Abendreigen aufgestellt, und Gustav und Penelope saßen auf einem Ast.

Gustav trug ein kleines Kästchen bei sich, in dem er alle Fragen sammelte, die er später stellen wollte. Die Nachtigall hatte sich neben die Eule gesetzt, die Schmetterlinge hatten ihre Flügel hochgeklappt, als Hubertus, der Regenwurm, um Gehör bat.

„Glückauf und Guten Abend", rief er in die Runde.

„Guten Abend, Hubertus!" erwiderten die Anwesenden seinen Gruß.

„Wie immer waren meine Würmer unterwegs, um die Erde aufzuwühlen und um Neuigkeiten zu erfahren. Und stellt euch vor, Stups, der kleinste von uns, brachte eine Nachricht mit nach Hause, die mir nicht so recht gefällt, deshalb möchte ich Euch davon berichten." Er erzählte, dass ihm die Tiere zugetragen hätten, dass die intrigante Kröte Esnid auf dem Weg zum Sonnenhof sei, um sich hier am Teich bei den Fröschen niederzulassen.

„Donnerlittchen", krächzte die Eule, „die hat uns gerade noch gefehlt."

Thula kannte die Kröte und hatte schon viel von ihren bösartigen Intrigen gehört. Keiner wollte sie haben, denn aus jedem Teich und Tümpel hatte man sie verscheucht, wenn man ihr hinterhältiges Spiel durchschaut hatte.

„Und ausgerechnet bei uns sucht sie eine neue Bleibe", krächzte die Eule angewidert. Die meisten schauten sich betroffen an. Die Wassernixen, die eigentlich tanzen wollten, hielten inne und setzten sich zu ihren Nachbarn, den Fröschen, auf den Teichrand.

„Na, ja, soll sie doch kommen, wir wissen doch alle, dass Gut und Böse nebeneinander existieren, kommt doch nur drauf an, wie man damit umgeht", rief ein großer Schmetterling aus Asien.

Dem Kohlweißling ließ diese Nachricht keine Ruhe. Still und leise hatte er sich zu einem Rundflug aufgemacht, um zu erkunden, ob Esnid wirklich auf dem Weg zum Sonnenhof war.

Sie war auf dem Weg zum Sonnenhof, und auf ihrem Rücken trug sie ein Krötenmännchen. Das berichtete der Kohlweißling, der von seinem Spähflug zurückkam. Dabei schlug er heftig mit seinen Flügeln.

„Nichts bleibt wie es ist", rief eine Raupe die durch das Borkenkleid des Schmetterlingsbaumes lugte.

„Alles ist dem Wandel unterworfen", rief sie nase-weis, dann verschwand sie wieder hinter der Rinde.

„Och, soll sie doch kommen, diese blöde Kröte mit ihrem Kerl, die können uns nichts Böses", lachte der Igel und deutete dabei auf sein Stachelkleid. „Davor hat noch jeder Reißaus genommen", sagte er stolz, dann rollte er sich mit einem behaglichen Schnaufer zusammen.

„Gemeinsam werden wir es schaffen, wir werden die Eintracht und Harmonie in unserem Garten schützen und die Zwietracht nicht zulassen", quakte ein Frosch. Alle stimmten zu. Sie waren sich einig.

Die Wassernixen stellten sich wieder zum Reigen auf, die Grille begann zu fiedeln, und die Nachtigall stimmte ein wunderschönes Abendlied an. Alle, die eine Stimme hatten, sangen mit, und so kehrten wieder Ruhe und Frieden ein. Der Vollmond, der sich am Himmel zeigte, nickte der Abendgesellschaft freundlich zu, dann zog er langsam weiter. Thula, die Eule, krächzte nochmal vor sich hin: "Ja, ja, so ist es, nur der Wandel hat Bestand." Mit diesen Worten und einem heiseren „Kiwitt-Uhu" flog sie in die Nacht hinein. Hinter den Fenstern des Sonnenhofs erlosch das Licht. Ein kleiner Stern blinkte noch einen Gute-Nacht-Gruß, dann gingen alle wieder ihrer Wege.

Esnid und der Krötenmann waren bei Nacht und Nebel am Teich des Sonnenhofs eingetroffen. Das Krötenmännchen saß auf Esnids Rücken, so wie es bei den Kröten zur Paarungszeit Brauch ist. Esnid hatte den Krötenmann den langen Weg bis zum Teich des Sonnenhofs getragen, und das hatte seinen Grund. Hier war sie geboren und aufgewachsen, und hierher kehrte sie zur Eiablage zurück. Das tun alle Krötenweibchen, egal welcher Familie sie angehören. Ihre Eier legen sie dort ab, wo sie geboren wurden. Die Kröte hatte sich zwar irgendwann auf die Wanderschaft begeben und hatte hier und dort gelebt und ihr Unwesen getrieben, aber jetzt, wo die Eier abgelegt werden mussten, war sie an die Stätte ihrer Geburt zurückgekehrt.

Esnid und ihr williger Begleiter hatten beinahe den Teichrand erreicht, als Igor, der Igel, ihnen mit würdevoll aufgerichtetem Stachelkleid den Weg vertrat „Wohin, Kröte Esnid?"

„Dumme Frage" gab die Kröte barsch zurück, „natürlich will ich zurück, wie alle Kröten, an die Stätte meiner Geburt und Kindheit. Im Teich des Sonnenhofs werde ich meine Eier ablegen, damit ich später viele kleine Krötenkinder habe, die so sind wie ich.

„Die so sind wie du", sagte Igor gedehnt und dabei schaute er die Kröte abschätzend an. Der Igel wich keinen Zentimeter zur Seite.

Die Kröte war gewieft und schwenkte um, denn es war ihr wichtig, ihren Plan in die Tat umzusetzen.

Sie tat freundlich und bat den Igel, ihr den Weg frei zugeben.

„Ach, Igel", sagte sie versöhnlich, „ich habe eine lange Reise hinter mir und eine schwere Last zu tragen, lass mich ein wenig ausruhen, dann sehen wir weiter." Igor überlegte kurz, dann willigte er ein.

„Ausruhen, schön und gut, aber bleiben darfst du nur, wenn alle anderen damit einverstanden sind. Bleibe hier sitzen und warte, bis eine Entscheidung gefallen ist."

Scheinheilig stimmte die Kröte zu, denn sie hatte keine andere Wahl. Der Igel war damit zufrieden und machte sich schnaufend auf den Heimweg. Unterwegs spähte er noch einmal durch die Äste und Blätter und war beruhigt, als er die Kröte in der Nähe des Teiches sitzen sah.

Esnid überlegte, wie sie am besten ans Ziel ihrer Wünsche kam. Der Begleiter auf ihrem Rücken quakte ihr ins Ohr, denn auch seine Geduld hatte ihre Grenzen. Die Kröte schaute listig und verschlagen nach allen Seiten. Dann war sie sich sicher, dass ihr keiner mehr zuschaute. Ihr Entschluss stand fest, sie wollte unbedingt, dass ihre Kinder in diesem Teich aufwachsen. Ganz langsam und geräuschlos bewegte sie sich auf den Teich zu. Hinter einer knorrigen Wurzel, wo sie niemand mehr sehen konnte, schlüpfte sie erleichtert und triumphierend ins Wasser.

Schon bald hatte sie ihr Ziel erreicht, die Eier waren im Wasser abgelegt, und für den Nachwuchs war gesorgt, so dachte jedenfalls Esnid, die intrigante Kröte. Doch weit gefehlt, sie hatte bei all ihrem Tun Stanislaus, den Stichling, übersehen, der mit seinem Gefolge alles gesehen, gehört und beobachtet hatte.

„Versprechen sollte man halten", sagte er in die Runde und alle freuten sich auf das köstliche Mahl. Die Kröte war guter Dinge, krabbelte zufrieden aus dem Teich, um sich unter einem nahen Busch von den Strapazen zu erholen. Der Igel hatte, entgegen seiner sonstigen Gewohnheit, schon im Morgengrauen alle Tiere des Gartens zusammengetrommelt, denn es musste ein Beschluss gefasst werden.

Das Lied der Nachtigall war gerade verklungen, als die Lerche mit einem fröhlichen Trällern eintraf. Grabert, der Maulwurf, hatte seinen Fellputz beendet, als die Kröte aus ihrem Erdloch kroch, um das Geschehen aus der Nähe zu betrachten. Außer den Stichlingen hatte niemand bemerkt, dass sie ihr Werk schon vollendet hatte. Nur der Igel wunderte sich, dass ihr Begleiter nicht mehr zu sehen war.

Komisch dachte er bei sich, gestern saß er noch auf ihrem Rücken, hat er sich über Nacht aus dem Staub gemacht? Das fragte sich der Igelmann.

Als das Morgenrot mit seinen leuchtenden Farben den Himmel schmückte, waren alle versammelt. Jeder hatte seinen Platz eingenommen, als Igor, das Wort ergriff. Er berichtete, was sich gestern zugetragen hatte und dass die Kröte versprochen hatte zu warten, bis die Tiere eine Entscheidung getroffen hatten. Misstrauisch schaute der Igel noch einmal auf ihren Rücken und fragte die Kröte: "Wo ist dein Begleiter, Kröte Esnid?" Die Kröte bekam einen Schrecken und fühlte sich ertappt. Niemand schien es zu bemerken.

„Na ja, so ist das bei den Krötenmännchen. Das Warten wurde ihm zu viel, und so sprang er von meinem Rücken direkt auf den Rücken einer anderen Kröte, die ihn dann bereitwillig weiter schleppte. Und ohne Grüß-Gott und Abschied war er mit der Anderen verschwunden."

„Dumm gelaufen", bemerkte einer der Regenwürmer höhnisch. Er schien der Kröte nicht so recht zu glauben.

„Ja, ja, kann sein, kann nicht sein", so argwöhnte die Eule auf ihrem Ast. „Jeder tut das, was er glaubt, tun zu müssen". Igor schob seine Bedenken zur Seite, und die Tiere besprachen sich untereinander.

Die Einen waren zögernd und zweifelnd, ob sie der Kröte trauen konnten, die Anderen glaubten fest an das Gute und konnten sich nicht vorstellen, dass die Kröte ihnen Schaden zufügen wollte.

Die Kröte, die immer noch glaubte, ihr Ziel erreicht zu haben, grinste hämisch in sich hinein und verabschiedete sich mit den Worten: „Wenn ich hier unerwünscht bin, werde ich gehen und suche mir ein anderes Zuhause." Sie warf den Kopf in den Nacken und verließ den Garten mit den Worten: "Viel Glück für euch und euren Sonnenhof."

Dann zog sie davon. „Das ist eine gute Entscheidung", murmelte Grabert, und der Wurm rief ein erleichtertes „Glückauf" zum Abschied.

Das Schatzkästchen des Lebens

Die Gedanken an die Kröte Esnid waren verflogen wie die Wolken am Himmel. Das tägliche Einerlei hatte im Garten wieder seinen Raum gefunden, und Gustav und Penelope hatten der Eule ihren Besuch angekündigt. Gustav hatte viele Fragen an die Eule. Dafür hatte er sich eigens ein kleines Schatzkästchen eingerichtet, auf dessen Deckel in großen Buchstaben geschrieben stand:

Fragen an Thula und Penelope

Frage um Frage hatte er auf viele kleine Zettel geschrieben und sie sorgfältig in das Kästchen gelegt. Da er aber so viele Fragen hatte, war das Kästchen allmählich randvoll. Gustav hatte sich im Laufe der Zeit auch mit der Eule angefreundet, denn er hatte festgestellt, dass auch sie eine gute Ratgeberin war und vieles wusste. Heute, am Abend, sollte das Treffen zwischen den Dreien stattfinden. Gustav hatte sich gerade von Stups, dem kleinsten der Regenwürmer, verabschiedet und ihm eine Gute Nacht und schöne Träume gewünscht, als die Eule Thula mit ihrem Kiwitt-Uhu ihr Kommen ankündigte. Die Wolke war ebenfalls eingetroffen.

Sie hatte vorsichtshalber noch einmal nachgesehen, ob die Kröte Esnid auch wirklich das Weite gesucht hatte.

Sie begrüßten sich freudig, dann ließen sie sich auf dem dicksten Ast des Schmetterlingsbaumes nieder. Gustav schaute nochmal nach allen Seiten, denn seine Fragen und die Antworten sollten sein Geheimnis bleiben. Und dieses Geheimnis wollte er nur mit der Eule und seiner Freundin, der rosaroten Wolke, teilen. Jeder wusste, worum es ging.

„Ja, ja", sagte die Eule zu sich. „So ist das mit den Fragen, den Antworten und den Entwicklungsprozessen." Dabei schauten ihre großen Augen nachdenklich in die Runde.

„Was meinst du mit Entwicklungsprozess, was ist das?" fragte Gustav erstaunt, der sich wunderte, ein solches Wort aus dem Schnabel einer Eule zu hören.

„Ach, Gustav, es ist einfach und schwierig zugleich. Jede Frage braucht eine Antwort, weil sonst vieles offen bleibt. Denn jede Frage, über die du nachdenkst, wird eine neue Frage aufwerfen. Es ist so, jedes Nachdenken und jede Erfahrung birgt neue Fragen in sich. Und je mehr du weißt und erfährst, umso mehr Fragen stellen sich dir. Es ist das Spiel des Lebens, wir spielen es, solange wir denken und atmen."

„Und was ist nun ein Entwicklungsprozess?" fragte Gustav weiter.

„Ungeduldig wie immer", warf Penelope schmunzelnd ein. Dann fuhr sie fort:

„Wenn du auf eine Frage eine Antwort bekommst und du dann über diese Antwort nachdenkst und sie verstanden hast, dann hast Du einen Entwicklungsprozess abgeschlossen. Und dieses Verstehen wird weitere Fragen in Dir auslösen, auf die du wieder eine Antwort brauchst. Manchmal kommen Gedanken an eine Kreuzung. Stell dir eine Wegkreuzung vor, an der du dich für einen Weg entscheiden musst. Wenn du dich dann entschieden hast und den Weg deiner Wahl gehst, hast du wieder einen Entwicklungsprozess abgeschlossen. Es wird noch viele Kreuzungen in deinem Leben geben, Gustav, an denen du deinen weiteren Weg wählen musst. Und so werden Fragen, Antworten, Denken und Handeln neue Entwicklungsprozesse in Gang setzen, die dann deinen Lebensweg bestimmen. Du wirst der Meister deines Schicksals, denn du bestimmst die Richtung deiner Wege."

„Bestimmen Entwicklungsprozesse das Schicksal von allen"? fragte er zögernd.

"Kiwitt-Uhu", krächzte die Eule zustimmend, „jedenfalls von allen Lebewesen, die Fragen haben und auf der Suche nach Antworten sind, um darüber nachzudenken."

„Du hast mit einer komplizierten Frage begonnen, und erst, wenn du sie verinnerlicht hast, solltest du die nächste Frage stellen." Gustav klappte das Kästchen wieder zu, das er gerade geöffnet hatte, um einen weiteren Zettel zu entnehmen. „Was meinst du mit verinnerlicht, Thula?", denn dieses Wort hatte er vorher noch nicht gehört.

Nun ergriff Penelope erneut das Wort. „Es ist so, Gustav, die wichtigen Dinge im Leben versteht man oft sehr langsam. Manche haben einen langen Weg vor sich, weil wir sie im ersten Augenblick noch nicht richtig erkennen. Andere wiederum gehen Umwege und brauchen viel Zeit, bis sie ihren Platz in unserem Leben und unseren Herzen gefunden haben. Wenn sie dann tief in unseren Herzen wohnen und sie unser Tun und Handeln bestimmen, dann haben wir sie verinnerlicht."

„Wir haben eine einfachere Erklärung, Gustav", sagte die Eule. „Wenn dir eine Antwort so gut gefällt, dass sie in deinem Leben einen Platz findet, dann hast du sie verinnerlicht."

„Ist das nicht das Gleiche?" fragte Gustav.

„Das Ergebnis schon, nur der Weg dahin und die Erklärung sind anders."

„Warum sind die Wege so unterschiedlich"? fragte Gustav, denn er wollte verstehen, warum ein Ergebnis gleich und die Wege dahin doch so unterschiedlich sein können.

Die Eule stieß ein belustigtes Kiwitt-Uhu aus. Penelope lächelte und zuckte mit den Schultern. Sie wusste, dass Gustav solange fragte, bis er eine Antwort wirklich verstanden hatte.

Ach diese Menschen... dachte Thula, doch sie sprach es nicht aus.

Die Eule sprach weiter: "Es liegt daran, Gustav, dass jeder Betrachter eine andere Sicht hat, obwohl das Geschehen ein und dasselbe ist. Und da es viele Wege zu einem Ziel gibt, können die Wege sehr unterschiedlich sein. Es hängt immer von der Sicht des jeweiligen Betrachters ab", so beendete die Eule ihre Erklärung.

„Also genauso unterschiedlich wie eure Erklärungen?", fragte Gustav zögernd, dann schaute er prüfend zur Eule und dann zu Penelope.

Beide lachten und nickten zustimmend.

Penelope wusste, dass Gustav am liebsten in Bildern dachte, denn dann verstand er eine Erklärung am besten. Also begann sie mit einer bildhaften Erklärung:

„Stell dir einen Lebensweg als große Leiter vor, die so lang ist, dass sie irgendwann am Horizont verschwindet. Und wenn du Sprosse für Sprosse dieser Leiter erklimmst, innehältst und dich umschaust, wirst du immer wieder einen anderen Eindruck bekommen und ein anderes Bild sehen. Wenn du das, was du siehst, verstanden hast, und erst dann auf die nächste Sprosse steigst, wirst du immer wieder neue Eindrücke bekommen, die dein Denken und somit auch dein Handeln verändern. Wenn dich dann die Wissbegierde weiter treibt und du bei jeder Sprosse schaust, bis du alles verstanden hast, wirst du viele Entwicklungsprozesse erleben, die dich und dein Leben verändern."

Gustav war sehr nachdenklich und die nächste Frage suchte eine Antwort: „Hat jedes Lebewesen eine solche Himmelsleiter?"

„Die Meisten schon, kleiner Gustav", so schaltete sich die Eule ein. „Einige gehen sie Schritt für Schritt, sehen und erfahren. Andere wiederum nehmen drei Sprossen auf einmal, sie sehen nur die Hälfte, und ihre Erfahrung bleibt begrenzt und somit auch ihr Handeln und Tun. Dann gibt es noch die Faulpelze, sie gehen zwei, drei Stufen, dann wird es Ihnen zu mühsam. Sie setzen sich, ruhen sich aus, gehen nicht weiter und glauben trotzdem, alles gesehen, gehört und erkannt zu haben. Hüte dich vor diesen Faulpelzen, gehe an ihnen vorbei, und lass dir nicht von ihnen deinen Weg zur Erkenntnis versperren, denn sie ist das Licht und die Nahrung deiner Seele."

„Das ist ja richtig spannend", sagte Gustav, dabei hob er langsam den Deckel seiner Schatztruhe. Gerade wollte er den nächsten Zettel nehmen, um eine neue Frage zu stellen, da bog Grabert, der Maulwurf, um die Ecke.

„Hallo, hallo", rief er den Dreien zu, „einen Teil eurer Unterhaltung habe ich mit angehört", sagte er erklärend. „Wisst ihr", dabei schaute er Penelope und die Eule fragend an, „meine Kleinen stellen mir auch so viele Fragen, über die ich oftmals lange nachdenken muss, um eine Antwort zu finden, die die Jungen zufrieden stellt. Wenn ihr erlaubt, würde ich mich gerne dazugesellen, als Schüler und Lehrer zugleich."

„Kiwitt-Uhu, eine kluge Einstellung", sagte die Eule anerkennend, „unser Grabert, ein Philosoph, wer hätte das gedacht", sagte die Eule und zwinkerte ihm zu.

„Es ist nicht alles so, wie man glaubt es zu sehen, das habe ich von euch gelernt", sagte Gustav zur Eule und der rosaroten Wolke.

„Sieh einer an, die erste Sprosse hat er schon genommen", bemerkte die Eule heiter.

„Ja, ja, die erste Sprosse ist der Schritt zu einer langen Reise", ergänzte Penelope wohlwollend, dabei schaute sie den kleinen Gustav liebevoll an. Die erste Abendwolke war am Himmel erschienen, als sich die kleine Gesellschaft verabschiedete, um sich in Kürze wiederzusehen. Die Nachtfalter hielten Einzug. Die Nachtigall sang den großen und kleinen Bewohnern des Sonnenhofs ein Schlaflied, danach erloschen die Lichter hinter den Fenstern, und der Friede der Nacht stellte sich ein.

Liebe ist mehr als ein Wort

Kein Tag ist wie der andere, das wussten alle Bewohner des Sonnenhofs und die Tiere im Garten. Mal gab es heitere, mal gab es weniger heitere Stunden. Aber da auch die Liebe, die Hoffnung und die Zuversicht in Haus und Garten ihr Zuhause hatten, war den Bewohnern der Gedanke des Augenblicks und der Endlichkeit vertraut. Sie genossen die heiteren Momente, und die anderen nahmen sie als gegeben hin.

Heute sollte wieder ein großes Schmetterlingstreffen stattfinden. Dazu waren auch die anderen Tiere und Gustav und Penelope geladen. Alle freuten sich auf das Wiedersehen, denn diesmal wollte Costas, der griechische Schmetterling, davon berichten, was die Menschen vor vielen, vielen Jahren dachten und welche Lehren sie aus diesem Denken entwickelt hatten.

Der Schmetterlingsbaum bot ein farbenfrohes Bild, denn alle Schmetterlinge waren eingetroffen. Auch die anderen Tiere hatten sich zwischenzeitlich eingefunden, außer der Katze, dem Igel und der Schnecke. Thula, die Eule, saß wie so oft neben der Wolke und Gustav. Meist hatte sich noch Kitty, die Katze zu den Dreien gesetzt, nur heute war sie nicht dabei.

Kitty war sonst ein Muster an Disziplin und Pünktlichkeit, doch diesmal war sie weit und breit nicht zu sehen.

Grabert, der Maulwurf, und seine Nachbarn, die Regenwürmer, hatten die Mitbewohner gerade mit einem fröhlichen „Glückauf" begrüßt, als die Katze, zornig, miauend, angelaufen kam. Von Ferne hörte man Igor, den Igel schnaufen, denn auch er fehlte noch in der Runde. Schira, die Schnecke, war in seiner Begleitung. Sie hatte große Mühe, ihm auf den Fersen zu bleiben und hastete eilig hinterher.

„Nun sind wir ja fast komplett", stellte die Eule fest und hielt Ausschau nach dem Igel. Zu sehen war er noch nicht, nur sein Schnaufen war nun sehr deutlich zu hören. Kitty schlich suchend umher. Entgegen ihrer sonstigen Gewohnheit bot sie den Mitbewohnern ein knappes „Guten Abend" zum Gruß, dann schaute sie vorwurfsvoll in die Runde.

Thula bemerkte den Blick der Katze als Erste. Die Eule war eine gute Beobachterin. Sie war dafür bekannt, dass sie sofort zur Stelle war, wenn es Dinge zu klären galt und jemand Hilfe brauchte.

„Was ist passiert, Kitty, können wir helfen?" fragte die Eule, die ihre Mitbewohnerin ganz anders kannte. Ihre Augen schauten besorgt. Inzwischen waren der Igel und die Schnecke beim Schmetterlingsbaum eingetroffen und hatten sich neben den Maulwurf gesetzt.

„Ach, Thula", sagte die Katze und hörte auf, sich die Pfote zu lecken. „Herrje, was soll ich sagen", so fuhr die Katze verärgert fort. „Seit gestern frisst mir einer das Futter weg, das ich dringend für meine Kleinen brauche. Die Jungen sind wütend und hungrig und sagen, ich sei keine gute Katzenmutter", so klagte sie der Eule ihr Leid.

Schira, die Schnecke blickte zu Kitty, sie verstand den Kummer der Katze, denn sie wusste, dass Kitty viele Mäuler zu stopfen hatte und sie eine gute Katzenmama war.

Die Tiere überlegten. Es brauchte nicht lange, dann waren sie sich einig. Sie wollten der Katzenfamilie helfen und den Futterdieb zur Strecke bringen. Seltsam, nur der Igel zeigte keine Reaktion, er schaute verschämt zur Seite.

„Was ist mit dir, Igor, bist du dabei?" fragte die Eule forschend, sie kannte den Igelmann sonst nur tatkräftig und entschlossen.

Igor druckste herum. Dann fasste er sich ein Herz und legte sein Geständnis ab. „Es ist mir sehr peinlich", so begann er zögernd. „Ich habe wirklich nicht nachgedacht, und stehlen wollte ich nicht. Ich glaubte, das Futter im Napf sei übrig. Und da ich so hungrig war, habe ich es aufgefressen. Na, ja, und hungrig war ich aus Liebe".

„Hungrig aus Liebe", wiederholte die Katze belustigt, und ihr Groll schien verflogen. Sie hatte in ihrem Katzendasein schon manches gehört und erlebt. Aber eine solche Erklärung, für geklautes Futter, hörte sie zum ersten Mal.

„Was soll das denn, wieso hungrig aus Liebe", wiederholte die Eule spöttisch „Willst du uns veräppeln, Igel?" fragte die Eule und legte den Kopf zur Seite.

„Ich weiß nicht so recht wie ich anfangen soll", so begann er kleinlaut und schaute mit einem Seitenblick auf Schira.

Die Schnecke hatte ihren Kopf aus dem Haus gesteckt und wartete wie die anderen auf Igors Erklärung.

„Es hat alles mit Schiras Schleimspur angefangen. Ich war der Spur gefolgt und freute mich auf ein kleines Nachtmahl, denn für uns Igel sind Schnecken ein ganz besonderer Leckerbissen", so erzählte der Igel weiter. „Eilig lief ich hinter ihr her, und schon bald hatte ich sie erreicht. Eigentlich hätte sie spüren müssen, dass Gefahr drohte und es ihr an den Kragen gehen sollte. Doch weit gefehlt. Sie zeigte weder Angst noch witterte sie Unheil. Ganz im Gegenteil, sie begrüßte mich freundlich und unerschrocken."

„Das nenne ich Zuversicht und Hoffnung", warf die Eule staunend ein. „Ich nenne es Leichtsinn und Dummheit", quakte ein Frosch vom Teich herüber.

Der Igel erzählte weiter: „Wir gerieten ins Plaudern, das hatte ich gar nicht vor. Schira erzählte so spannend von ihrem Schneckenleben, dass ich sie als Nachtmahl vergaß. Und zum Schluss war sie mir so sympathisch, dass ich sie nicht mehr fressen konnte. Ganz im Gegenteil, sie konnte so fesselnd erzählen, dass ich sie am Ende richtig lieb gewonnen hatte. Und mein größter Wunsch war es, sie wiederzusehen."

Die Tiere schauten von einem zum anderen und sahen sich belustigt an.

"Es ging ja noch weiter", so fuhr der Igel fort. „Als Schira mich dann zum Abschied bat, sie und ihre Artgenossen in Ruhe zu lassen und sie nicht mehr zu verspeisen, willigte ich trotz des Hungers bereitwillig ein. Und als wir uns dann verabschiedeten, hatte ich zwar die Zusage für ein Wiedersehn, aber immer noch quälenden Hunger. Also machte ich mich hungrig und glücklich auf den Heimweg. Weit und breit war nichts Essbares zu sehen. Und so erinnerte ich mich an den Katzennapf. Also hab ich mich auf den Weg gemacht, um zu sehen, ob ich noch ein paar Reste finde. Und da Kitty noch was zurück gelassen hatte, konnte ich so meinen Hunger stillen und habe alles ratzekahl aufgefressen."

„Schöne Geschichte, aber klauen ist klauen", quakten die Frösche vom Teich.

Schira lächelte verklärt und schaute zu den Fröschen hinüber. „Verrückte Geschichte", sagte Grabert und strich sich den Bart.

Gustav schaute staunend zur Wolke, dann zur Eule. Dann fragte er beide flüsternd: "Ist sowas Liebe?"

„Kann sein", sagte die Eule nachdenklich. „Liebe ist so vielschichtig und manchmal fern jeder Realität. Manche Liebe ist so fremd und ungewöhnlich, dass man sie im ersten Augenblick nicht versteht, und trotzdem ist sie da und verbindet zwei Lebewesen. Sie wird gelebt, auch wenn andere es nicht verstehen. Liebe geht ihre eigenen Wege, sie lässt sich nicht reglementieren, sie lässt sich nichts sagen, sie kommt, wann sie will, sie geht, wann sie will. Mal bleibt sie für immer, manchmal nur eine kurze Zeit. Die Liebe ist, wie sie ist."

Die Tiere, die sie schon erfahren hatten, nickten zustimmend, die anderen dachten nach. „Liebe gibt Kraft und Energie. Die Welt ist schöner, wenn man liebt, kleiner Gustav", so warf die rosarote Wolke ein.

„Und was ist, wenn sie nicht mehr willkommen ist?" fragte Gustav weiter. „Dann erlischt sie in den Herzen und zieht weiter. Die Liebe braucht Liebe zum Leben.

Sie braucht die Kraft des Herzens, denn sie ist ihre Nahrung. Und wenn sie keine Nahrung mehr bekommt, dann zieht sie weiter. Sie sucht sich neue Seelen, die sie „Willkommen" heißen und in deren Herzen sie das findet, was sie braucht."

„Und was wird aus den verlassenen Herzen?" fragte Gustav versonnen. „Die spüren eine Leere, sind erst mal traurig und hoffen darauf, dass die Liebe zu einer späteren Zeit zu ihnen zurück kommt."

„Und was ist jetzt mit Igor, wenn er kein Futter mehr hat, zieht seine Liebe dann auch weiter?"

„Nein, Gustav", so mischte sich Grabert der Maulwurf ein, der die Liebe der Tiere kannte. „Futter ist das Eine, und Nahrung für die Seele ist was Anderes. Mach dir keine Sorgen um Igor, er ist ein erfahrener Igelmann. Er wird sich anderweitig sein Futter suchen und seiner Liebe die Nahrung geben, die sie braucht. Die Liebe lebt durch die Gedanken und die Kraft der Gefühle. Das ist ihre Nahrung. Die Liebe hat keinen Speiseplan, sie braucht keine Schnecke und keine Maus, Gustav", fügte der Maulwurf erklärend hinzu.

„Hab ich dich richtig verstanden, Grabert, dann könnt ihr Tiere genauso fühlen wie wir Menschen?" fragte er verblüfft.

„Vielleicht nicht ganz genauso wie die Menschen, aber wir Tiere lieben auch, eben auf unsere Art."

Allmählich begann Gustav zu verstehen, wie vielschichtig Liebe sein kann.

„Hört euch unseren Grabert an, der Maulwurf, ein Philosoph!" rief die Eule anerkennend in die Runde.

„Donnerwetter", quakten die Frösche, „das hätten wir nicht von dir gedacht!" riefen sie wie aus einem Mund.

„Na, ja", sagte der Maulwurf, „wenn man so lebt wie ich, mal im Erdreich, selten im Mondlicht, dies und das hört, versucht man schon das Erlebte zu verstehen und macht sich so seine Gedanken."

„Du solltest eine Philosophenschule für Tiere aufmachen", quakten die Frösche, die den Maulwurf jetzt in einem völlig anderen Licht sahen.

„Langsam, langsam, so schnell graben wir Maulwürfe nicht", dabei schaute er zufrieden auf die Maulwurfshügel, die auf der Wiese zu sehen waren. „Ich bin ein Maulwurf und bleibe ein Maulwurf, das ist mein Leben und damit bin ich glücklich", gab er stolz zurück. „Eine Philosophenschule für Tiere ist einfach nicht mein Ding. Graben ist meine Leidenschaft. Die Erde lockern, damit sie fruchtbar bleibt, das ist mein Leben, damit Punktum."

Die Frösche verstummten. Sie hatten den Maulwurf verstanden. Er wollte das tun, was er gerne tat und wozu er sich berufen fühlte.

„Kiwitt-Uhu", rief Thula, „du bist klug, Maulwurf. Wenn du das tust, womit du glücklich bist und deiner Bestimmung folgst, hast du eine gute Entscheidung getroffen. Bleib dabei, und lass dich nicht beirren."

„Das werd ich machen, Thula", sagte Grabert, dann drehte er sich um und begann mit seinem Fellputz.

„Was es alles gibt, Penelope, ein Maulwurf, der so gut erklären kann und genau weiß, was er will", sagte Gustav und blickte staunend zur rosaroten Wolke.

„Ja, ja, Gustav, es gibt so viele unterschiedliche Welten und Lebensformen. Wenn du sie betrachtest und akzeptierst und ihnen in deinen Gedanken einen Raum schenkst, wirst du den Pfad der Erkenntnis gehen, und der Weg zur Entscheidung wird leichter sein."

Gustav holte einen Zettel aus seiner Hosentasche, nahm seinen kleinen Bleistift und schrieb: Wie lebt man eigentlich richtig?

Penelope hatte ihm zugesehen und lächelte, denn sie wusste, dass jede Frage eine Antwort braucht.

Die Nachtigall sang ihr Abendlied, die Grille fiedelte, und der Maulwurf sagte: „Bis gleich, ich muss noch schnell einen frischen Hügel aufwerfen, bin aber pünktlich zurück." Dann lief er auf flinken Füßen davon.

Alle waren darauf gespannt, was jetzt geschah, denn Costas, der Schmetterling aus Griechenland, schlug heftig mit seinen Flügeln und setzte sich in   Positur. Er wollte von einer längst vergangenen Zeit berichten und von dem, was seine Vorfahren an seine Schmetterlingseltern weitergegeben hatten.

Das Gedankennest

Der Garten war voller Düfte und Farben. Ein leichter Wind streichelte die Blätter des Schmetterlingsbaumes, als Costas, der griechische Schmetterling, mit seiner Erzählung begann. Costas hatte zur Einleitung drei kräftige Flügelschläge getan, was in der Schmetterlingssprache der Bitte nach Ruhe und Aufmerksamkeit gleich kam.

Beim dritten Flügelschlag war auch der Maulwurf eingetroffen und hatte ein lauschiges Plätzchen unter dem Schmetterlingsbaum gefunden. Zum Gruß nickte er in die Runde, die jetzt vollzählig war.

Sogar die Baumgeister waren da. Eigentlich meditierten sie zu dieser Zeit, zählten die Jahresringe der Bäume oder hielten Zwiegespräche mit den Wolken. Aber heute war alles anders. Auch sie waren gespannt und neugierig und wollten wissen, was der Schmetterling aus längst vergangener Zeit zu berichten wusste.

„Ich will euch zuerst von der Philosophenschule berichten, die Platon vor mehr als 2000 Jahren gründete", so begann er mit seiner Erzählung. „Zu dieser Zeit lebten in meiner Heimat einige Menschen, die es sich zur Lebensaufgabe gemacht hatte, über den Sinn des Lebens und über den Tod nachzudenken. Einer dieser Denker war Platon, und dieser Platon gründete eine Philosophenschule, in der es Raum und Zeit gab, Gedanken und unterschiedliche Lehren zu entwickeln. Das war gar nicht so einfach. Die Betrachtungen auf das Leben und den Tod hatten damals, wie heute, schon sehr unterschiedliche Facetten. Die Gedanken waren sehr unterschiedlich, und jeder hatte sein eigenes Gedankenbild. Außerdem herrschte im antiken Griechenland der Jugendkult. Die Menschen schätzen in dieser Zeit kaum etwas höher, als die Schönheit und die Kraft der Jugend. Alter, Krankheit und Tod lösten Angst und Unbehagen aus. Und aus diesem Grund wurden Verstorbene auf den Grabmälern immer als jung und schön dargestellt."

„So ein Blödsinn", quakte ein Frosch vom Teichrand herüber, der schon die meiste Zeit seines Lebens hinter sich hatte.

„Kiwitt-Uhu, lass ihn weiter erzählen, wir wollen hören, was sie zu jener Zeit über den Tod dachten." So wies die Eule den Frosch zurecht.

„Schon gut, Thula, man wird ja wohl noch was sagen dürfen. Ich mache mir ja auch so meine Gedanken. Dummes Zeug, Jugendkult, wie stand es denn mit der Erfahrung, welche Bedeutung hatte denn sie?" gab der Frosch etwas unwirsch zurück. „Lass doch mal hören, was sie sonst so dachten und wie sie sich die Endlichkeit vorstellten."

„Na ja", so erzählte Costas weiter, „jeder hatte so seine Ansichten, was nach dem Tod geschieht. Das war damals genauso wie heute. Bei den alten Griechen gab es ein Totenreich, das sie „Hades" nannten. Hades war der Herrscher des Totenreiches. In ihren Vorstellungen war das Totenreich freudlos und düster, so dass der Gedanke an den Tod die Griechen mit Grauen erfüllte. Damit der Gedanke an das Totenreich nicht so furchtbar war, glaubten sie, dass jeder, der den Weg in den Hades antrat, vorher aus dem Fluss der Vergessenheit trank. Sie nannten ihn „Lethe". Denn danach gab es weder Zukunft noch Vergangenheit, sondern nur die ewige Gegenwart der Unterwelt. Die Lethe führte ein Wasser, das nach dem Genuss alle Erinnerungen auslöschte. Und dieser Gedanke tröstete die Griechen und nahm dem Tod seine Unerbittlichkeit. Jedenfalls wurde es mir so von meinen Vorfahren berichtet", fügte Costas erklärend hinzu.

„Ganz schöne Augenwischerei, ich habe genug gehört", quakte der Frosch vom Teichrand, dann sprang er mit einem mächtigen Hüpfer ins Wasser.

„Hat ihm wohl nicht gepasst, was die alten Griechen über den Tod dachten", sagte der Kohlweißling zu Costas.

„Mag sein", sagte Costas, „vielleicht wurde im Laufe der Jahre einiges hinzugefügt oder weggelassen.

Aber so, wie ich es euch berichtet habe, wurde es mir von meiner Mutter erzählt."

„Kiwitt-Uhu", sagte die Eule, „jede Zeit hat ihre eigenen Ideen und ihre eigenen Erkenntnisse. Nur Veränderungen haben Bestand", sagte die Eule weise „und sonst nichts."

„Meine Güte", dachte Gustav, „alle sind so klug und können zu allem etwas sagen, nur ich weiß so wenig."

Die rosarote Wolke, die Gustavs Blick auffing und seine Gedanken lesen konnte, wollte ihm helfen. Aber der Maulwurf, der ebenfalls Gustavs Verwirrung bemerkt hatte, war schneller.

„Komm Gustav, lass uns zum letzen Hügel gehen, den ich vorhin aufgeworfen habe. Vielleicht ist es ein guter Ort, um Gedanken zu ordnen und Fragen zu beantworten."

Penelope schmunzelte, die Eule drehte den Kopf zur Seite, sie zwinkerten sich zu. Beide freuten sich, denn sie hatten bemerkt, dass sich zwischen Gustav und Grabert eine vertrauensvolle Freundschaft entwickelte und es für Gustav wichtig war, mit dem Maulwurfsmann zu sprechen.

Grabert lief voraus, und Mic und Mac, die beiden Glühwürmchen, leuchteten ihnen. Vor dem Maulwurfshaufen ließen sie sich nieder. Die Glühwürmchen zirpten ein heiteres „Adieu" und flogen zu den anderen zurück.

Gustav und Grabert schauten in den Himmel und in das Abendrot, das allmählich am Horizont verblasste. Von Ferne sahen sie den „Goldenen Stern" auf den Sonnenhof zukommen, denn in der Nacht sollte er wieder eine kleine Seele auf dem Weg in die Endlichkeit begleiten. Gustav und Grabert hatten schon so manche Reise des „Goldenen Sternes" beobachtet, aber nie eine alles erklärende Antwort gefunden. Denn die Frage nach dem Warum, dem Sinn des Lebens, dem Sinn des frühen Todes, blieb unbeantwortet. Jedenfalls konnte man sie nirgendwo nachlesen.

Grabert schaute immer noch zum „Goldenen Stern", als Gustav die Stille unterbrach und den Maulwurf jäh aus seinen Gedanken riss.

„Kannst du mir was erklären, Grabert?" „Wenn ich kann, gerne. Nur zu, frag mich, was du wissen willst" sagte er und schaute Gustav an.

„Was ist eigentlich Philosophie, und was genau ist ein Philosoph"?

Der Maulwurf strich sich den Bart. Das machte er häufig, wenn er über eine Frage nachdenken musste. „So viel wie ich weiß, Gustav, ist Philosophie eine Weltanschauung. Sie stellt sich die Fragen:

Wie siehst du die Welt, in der du lebst? Wie verstehst du sie? Viele Fragen stellen sich dir durch das, was du hörst und siehst. Gibt es Antworten auf die Fragen, und welche sind die richtigen? Das Leben ist ein Feld, auf dem viele Fragen wachsen und es viele Antworten zu ernten gibt. Man muss nur lange genug darüber nachdenken, um die richtige Antwort für sich zu finden."

„Ich glaube, das habe ich verstanden. Und wie denkt ein Philosoph?" fragte er weiter.

„Ein Philosoph ist ein Mensch, der gerne über etwas nachdenkt. Er ist ein Freund der Wahrheit und der Weisheit. Ein Mensch, der über den Ursprung des Denkens und über den Sinn des Daseins sinniert. Er fragt nach der Stellung und der Bedeutung des Menschen im Universum."

„Und wie ist die Philosophie entstanden, Grabert?"

„Es gibt unterschiedliche Meinungen dazu. Einige der griechischen Philosophen glaubten, dass die Philosophie durch die Verwunderung des Menschen entstanden sei. Die Verwunderung und die Frage nach dem Sinn der Existenz habe erst das philosophische Denken wachsen lassen."

„Ja, ja", rief ein Nachtfalter, der über beide hinweg flog und Graberts Erklärung gehört hatte.

„Es stimmt, was der Maulwurf sagt. Die Fantasie des Einzelnen wirft immer wieder neue Fragen auf."

„Gibt es denn für dich nur eine Antwort auf eine Frage, Nachtfalter, oder können es auch mehrere sein?"

„Nicht immer, aber meistens gibt es mehrere Antworten auf eine Frage. Ob man sie versteht, ist eine andere Sache. Für viele Menschen und Tiere ist das Leben manchmal unfassbar und die Dinge, die geschehen, ebenso. Viele Fragen schlummern lange in unseren Herzen, ohne dass sie ihre Antwort finden. Manchmal begegnen sich Frage und Antwort erst nach sehr langer Zeit. Und erst dann hat man begriffen, warum etwas geschehen ist, denn die Antwort ist die Erklärung. Öfter, als man denkt, gibt es keine Antwort auf eine Frage. Und eine Frage ohne Antwort hinterlässt eine Wunde in unserer Seele, die erst mit der Zeit verheilt. Dann sehnen sich unsere Herzen nach einer heilen Welt, in der sie wieder Mut schöpfen können. Und das ist bei allen Lebewesen gleich, denn jedes Lebewesen hat eine Seele. Der Weg zur Weisheit und zum Verstehen beginnt mit dem ersten Schritt, Gustav", rief der Nachtfalter. „Gehe ihn, gehe beständig Schritt für Schritt, dann wirst du dein Ziel erreichen."

„Adieu" rief er, „bis zu einer späteren Zeit", dann flog er in den Abendhimmel.

„Meine Güte, Grabert, da muss ich noch viel hören und nachdenken, um alles zu verstehen. Es gibt so viele Gedanken, die man denken kann, und man muss lange überlegen, um zu wissen, ob es die richtigen sind."

„Kann ich gut verstehen, Gustav. Das Nachdenken hebe ich mir immer für das Hügelaufwerfen auf, da stört mich keiner, und ich kann am besten denken."

„Sowas könnte ich auch gut gebrauchen, Maulwurf. Beim Schmetterlingsbaum ist immer so viel los, und jeder erzählt von dem, was er denkt, erlebt und gehört hat. Grabert, ich glaube, ich brauche auch so einen Platz, wie du ihn hast, wo ich mir alleine meine Gedanken machen kann, um zu sehen, was richtig für mich ist."

„Eine gute Idee, Gustav. Du brauchst ein Gedankennest, du brauchst einen Ort, wo du ungestört über das nachdenken kannst, was du erfahren, gehört und erlebt hast."

„Ja, Grabert, sowas brauche ich", sagte Gustav.

Ein kräftiges Geschnaufe kam näher. Es dauerte nicht lange, da bog der Igel um die Ecke. Er wollte sehen, wo Grabert und Gustav steckten.

„Ach, hier seid ihr", rief er und ließ sich mit einem tiefen Schnaufer beim Maulwurfshügel nieder. Igor schaute seine Freunde an und sah in nachdenkliche Gesichter, die auf der Suche nach einer Lösung waren.

„Worüber denkt ihr nach", fragte er die beiden, denn er wollte ihnen, wenn es möglich war, helfend zur Seite stehen. Grabert kam Gustav zuvor, der immer noch nachdenklich auf den frisch aufgeworfenen Maulwurfshügel blickte und in sich die Idee mit dem Gedankennest reifen ließ.

„Weißt du, Igel" so erklärte der Maulwurf, „Gustav hat sich vorgenommen, seine eigenen Gedanken zu entwickeln. Und aus diesem Grund suchen wir für ihn ein ruhiges Plätzchen, an dem er ungestört nachdenken kann. Beim Schmetterlingsbaum sieht und hört er Vieles. Es ist eine ständiges Kommen und Gehen, aber es bleibt ihm kein Raum für eigene Gedanken."

„Ja, Igel", warf Gustav ein, „und deshalb habe ich Grabert gefragt, ob er mir helfen kann, ein stilles Plätzchen für mich und meine Gedanken zu finden."

„Und so kam mir die Idee mit dem Gedankennest", warf der Maulwurf erklärend ein. Grabert deutete auf die Hecke, in der ein großes Loch zu sehen war, in das man wunderbar ein Nest bauen konnte.

„Grandiose Idee", rief Igor anerkennend und sah sich die Hecke von Nahem an. Er schaute zu Gustav und wieder auf die Hecke. „Gerade richtig", dabei deutete er auf das Loch, dann sah er noch mal zu Gustav.

„Passt genau. Also, wir brauchen Blätter, Äste und Moos" sprach Grabert mit wichtiger Miene, denn es sollte das schönste Nest weit und breit werden.

Alle Drei zogen los. Der Igel sammelte die Blätter, der Maulwurf schaffte das Moos herbei, und Gustav trug Äste und Zweige zur Hecke. Der Maulwurf, der sich als Ideengeber für den Nestbau verantwortlich fühlte, hatte in Windeseile ein Schild aufgestellt, auf dem stand:

Bitte nicht stören, hier entsteht
Gustavs Gedankennest

Vielleicht für immer

Vielleicht für immer, das wünschte sich jedenfalls der Igel von Schira, der Schnecke. Igor hatte den ganzen Tag und die halbe Nacht darüber nachgedacht, was am besten zu tun sei.

Wie sollte er nur der Schnecke seine Liebe erklären? Müde und ratlos saß er da. Gern hätte er Grabert, den Maulwurf, gefragt, denn meistens wusste er Rat, wenn eines der Tiere eine Lösung für ein Problem suchte. Der Maulwurf kannte sich in Liebesdingen bestens aus, denn er wusste um die Vielfalt der Gefühle. Nur im Augenblick war er weit und breit nicht zu sehen. Es gab auch keinen frisch aufgeworfenen Maulwurfhügel. Wahrscheinlich war er immer noch damit beschäftigt, mit Gustav das Gedankennest herzurichten. Die Stacheln des Igels waren hoch aufgerichtet, das waren sie immer, wenn es galt, ein Problem zu lösen. In seinem Kopf kreiste nur der eine Gedanke – wie fange ich es bloß an.

Plötzlich fielen ihm die Worte der Eule ein: „Wer hätte das gedacht, unser Grabert ein Philosoph." Er spann den Faden weiter, und plötzlich hatte er eine Lösung. Wenn Grabert ein Philosoph ist, kann ich es vielleicht mit einem Gedicht versuchen. Er erinnerte sich an seine Jugend und wie sehr ihm das Fiedeln der Grille, im Mondschein, und das Lied der Nachtigall gefallen hatte. Auch Igel haben trotz ihrer Stacheln eine romantische Ader, sagte er zu sich. Dieser Gedanke gab seiner Seele Nahrung, und sein inneres Licht leuchtete hell. Es schien so, als würde es ihn auf den Weg der richtigen Worte führen. Und so beschloss der Igel, es mit einem Blätterbrief zu versuchen.

Alle Tiere des Gartens schrieben sich Blätterbriefe, wenn sie einander nicht sehen konnten und eine Nachricht verbreitet werden musste. Meistens trug der Abendwind sie davon. Doch wenn es besonders schnell gehen sollte, war Trude, die Brieftaube, zur Stelle. Trude war hilfsbereit, aufmerksam und pünktlich. Die Taube war daran gewöhnt, Nachrichten aus aller Welt in alle Welt zu tragen. Dafür war sie bekannt. Und so hatte diesmal der Igel an die Taube gedacht, denn diese Nachricht war ihm wichtig. Er wollte auf Nummer sicher gehen, dass Schira seinen Brief noch vor Einbruch der Dunkelheit lesen konnte.

Am späten Abend wollten sich alle Tiere des Gartens beim Schmetterlingsbaum treffen. Es gab was Neues, das hatten jedenfalls die Frösche vom Teich gequakt. Kurz vor Mitternacht, so hatten sie verlauten lassen, wollte der Schmetterling aus Bali vom Ahnenkult seiner Insel berichten. Und darauf waren alle sehr gespannt. Der Igel unterdessen war immer noch auf der Suche nach dem schönsten Blatt für seinen Brief.

So fand er endlich das bunteste und größte aller Blätter, strich es glatt, und die Sehnsucht seines Herzens
führte seine Hand:

Liebste Schnecke Schira,
so, wie ein Tag dem Abend begegnet,
so, wie die Nacht uns beide umfängt,
so, wie ein Morgen sein Lächeln uns schenkt,
so, wie ein Tag mit lieben Gedanken
begleitet dich und mich,
so sag ich dir, als Igel:
Schnecke, du wärest was für mich.
Es ist das Lächeln der Liebe,
das ich dir sende,
mit der Hoffnung auf Immer.
Sei von Herzen gegrüßt,
Igor, der Igel.

Er küsste den Stängel des Blattes, rollte es zusammen und trug es zu Trude, der Brieftaube, die gedul-
dig wartete und genüsslich ein paar Krümel aufpick-
te, die am Wegesrand lagen.

„Bring den Brief bitte schnell zu Schira. Sie muss
ihn lesen, bevor der Mond aufgeht. Später wollen
wir uns beim Schmetterlingsbaum treffen. Aber
vorher muss sie wissen, wie es um mich bestellt
ist, denn noch in dieser Nacht möchte ich eine
Antwort von ihr."

„Scheint ja außerordentlich wichtig zu sein", gurrte die Taube. „So aufgeregt habe ich dich noch nie erlebt, Igor", sagte sie und dabei schaute sie den Igel forschend an. „Nun mach schon, Trude, beeil dich und sag einen lieben Gruß". „Schon gut", gurrte sie, „bin schon unterwegs." Dann nahm sie den Blätterbrief in ihren Schnabel und flog davon.

Gustav und Grabert hatten in der Zwischenzeit das Gedankennest wunderbar hergerichtet. Es fehlte an Nichts. Ein dicker Ast war die Sitzbank, und zwei Löcher im Blattwerk dienten als Fenster. „So, das hätten wir", sagte Grabert.

Beide schauten voller Stolz auf das Ergebnis ihrer gelungenen Arbeit. Gustav war glücklich. „Danke, Grabert, es ist genauso, wie ich es mir vorgestellt habe. Danke!" sagte er noch einmal, dabei streichelte er liebevoll das Fell seines neuen Freundes.

Ein wenig verschämt schaute der Maulwurf ihn an, denn es war das erste Streicheln, das er durch eine Menschenhand erfuhr.

Gustav setzte sich auf die Bank und schaute durch das Loch im Blattwerk. „Sehen kann ich alles", sagte er zum Maulwurf, doch der konnte ihn nicht hören.

Der Maulwurf hatte die Behausung verlassen und vor dem Nest ein Schild aufgestellt. Mit großen Lettern stand darauf geschrieben:

Gustavs – Gedankennest!
Bitte nicht stören!
Hier wird über den Sinn des Lebens
und die Endlichkeit nachgedacht.
Gustav und Grabert

„Siehste, hab ich doch gleich gesagt, die bauen sich ne Philosophenschule". So quakte einer der Frösche. Die Regenwürmer hatten es zuerst bemerkt und es gleich dem Froschältesten erzählt, der für die Nachrichten im Garten zuständig war. Der Froschälteste hatte es so laut in den Garten gequakt, dass alle Tiere Bescheid wussten und sogar die Seerosen ihr Interesse bekundeten. Und nun kamen sie alle. Alle Tiere machten sich auf den Weg zum Gedankennest. Sie waren neugierig und wollten wissen, wie es aussah. Thula und die rosarote Wolke trafen als Erste ein. Die anderen folgten. Sogar die Raupe hatte sich auf den Weg gemacht.

„Kiwitt-Uhu", krächzte die Eule. „Ein beschauliches Plätzchen zum Nachdenken", sagte sie anerkennend, und die Wolke nickte.

„Was soll das alles - Leben, Endlichkeit, das Leben in einer anderen Welt, Nachdenken, alles Quatsch. Mit dem Tod ist alles vorbei, wozu das alles", rief der Graulwurm, der als Letzter gekommen war. Und mit einem verächtlichen Blick zog er von dannen.

„Schon wieder einer, der alles weiß", sagte der Maulwurf und schaute auf das Schild vor dem Gedankennest. Vor langer Zeit hatte der Graulwurm die Hoffnung aus seinem Leben verbannt. Seit dieser Zeit waren seine Gedanken grau und trübe. Seine Seele war verwaist, denn die Hoffnung war nie mehr zu ihm zurückgekehrt.

„Lasst ihn ziehen", sagte die Eule, „er macht seinem Namen alle Ehre". Von den anderen Tieren wurde er so genannt, weil er immer übellaunig war, alles besser wusste und keine andere Meinung gelten ließ. Die meisten der Tiere, die im Garten lebten, machten einen großen Bogen um ihn, denn keiner von ihnen wollte so recht was mit ihm zu tun haben. Manchmal ist das Glück ein spröder Gast. Meistens wollen wir das, was wir gerade vermissen. Sind wir einsam, wollen wir Nähe. Bei Kälte wollen wir Wärme. Beim Abschied ein Wiedersehen und bei Trauer das Glück."

Sie sah dem Wurm noch lange hinterher. „Vielleicht trifft er die Hoffnung noch einmal, wer weiß. Was ist der Sinn des Lebens"? so fuhr sie gedankenverloren fort. „Es ist sehr einfach, solche Fragen zu stellen. Nur die Antwort nimmt jeder Fragende anders auf. So, wie er glaubt, sie für sich deuten zu können."

„Was ist richtig, und was ist falsch?" fragte Gustav den Maulwurf leise. „Ach, Gustav, ich glaube, es ist so:

Die Nachricht über das Richtige vermittelt dir deine Seele. Sie spricht eine deutliche Sprache. Du musst ihr nur genau zuhören, dann spürst du, was richtig für dich ist. Und wenn du danach handelst, wirst du zufrieden sein."

Der Maulwurf spähte noch einmal in die Runde, dann grub er sich ein und warf einen neuen Hügel auf. „Ja, ja", sinnierte Thula, „wenn man weiß, dass man nichts weiß, wenn man das endlich begriffen hat, hat man schon sehr viel verstanden." Sie drehte den Kopf zur Seite, wie sie es immer tat, wenn sie bedeutende Gedanken in Worte gekleidet hatte. Schließlich fuhr sie fort: "Erkenntnis belehrt nicht. Erkenntnis lässt den Anderen Zeit und Raum zum Denken."

„Mag sein, dass es so sein sollte, Thula", rief Friederich, der Frosch, „allerdings sind mir schon Einige begegnet, die eine feste Meinung hatten und Dinge kund taten, von denen sie wirklich nichts verstanden. Und diese Erfahrung habe ich mit Mensch und Tier gleichermaßen gemacht."

„Schlauberger gibt es überall", sagte die Wolke zum Frosch, dann warf sie Gustav eine Kusshand zu und rief: „Bis später!" Dann flog sie davon.

„Einfach ist es nicht", schnaufte der Igel, der glücklich und zufrieden neben Schira, der Schnecke, saß. Sein Gedicht hatte ihre Seele berührt, und nun verstanden sie sich als Paar. „Manchmal tut man Dinge, für die die Anderen kein Verständnis haben. Und trotzdem sind sie für einen selbst im Augenblick das Wichtigste". Dabei schaute er zu Kitty, der Katze, und die wiederum blinzelte zur Schnecke.

„Ach, was wissen wir schon", sagte die Schnecke nachdenklich. „Was ist schon naturgegeben und was von uns erschaffen? Wie wichtig ist die Reaktion der Anderen? Wenn beispielsweise ein Schamgefühl natürlich wäre, dann müsste es angeboren sein, denn dann wären Igor und ich heute sicher kein Paar. Ich glaube, Vieles ist selbstgemacht. Ich denke, es sind Normen, die jemand ins Leben gerufen hat, um eine gewisse Ordnung herzustellen, die der Kontrolle dienen soll."

Die kleine Tiergesellschaft, die das Gedankennest noch immer betrachtete, schaute sich verwundert an. Dass die Schnecke sich so viele Gedanken über das Leben und seine Gesetzmäßigkeiten machte, hatten sie nicht gedacht. Sie waren sehr verwundert. Allerdings wussten sie, dass Verwunderung neue Fragen aufwirft. Und wundern taten sich alle, wirklich alle, außer Igor, dem Igel, und Schira, der Schnecke.

Wiedergeburt und der Balinesische Schmetterling

E s war spät am Abend, da saßen beinahe alle Tiere auf oder unter dem Schmetterlingsbaum.

Nur der Ritterfalter aus Bali ließ noch auf sich warten. Die Tiere unterhielten sich angeregt mit Gustav und Grabert, dem Maulwurf. Alle waren am Tage unterwegs, hatten dies und das gehört und erlebt, und davon erzählten sie. So war es üblich im Garten des Sonnenhofs, wenn die Tiere sich trafen.

Viele Fragen tauchten auf, für manche gab es eine Antwort, für andere nicht. Aber eine Frage schien alle Tiere gleichermaßen zu bewegen. Immer wieder fragten die Tiere den Maulwurf, wann er denn gelernt habe, die Sprache seiner Seele zu verstehen.

Grabert fühlte sich geehrt, denn so viel Aufmerksamkeit war ihm im Garten noch nie zuteil geworden. Jetzt stand der Maulwurf im Mittelpunkt des Geschehens. Er hatte den Tieren das Tor zu einer neuen Gedankenwelt geöffnet.

Die Meisten waren neugierig und wollten die Sprache ihrer Seele kennen lernen, von der der Maulwurf ihnen erzählt hatte. "Ach, ich weiß nicht mehr, wie lange es her ist und wann ich zum ersten Mal die Stimme meiner Seele hörte. Ich weiß nur, und daran kann ich mich genau erinnern, es waren die Stille und die Abgeschiedenheit, die mir den Weg zur Quelle meiner Gedanken gewiesen haben."

Einige Tiere schauten sich fragend an. Stanislaus, der Stichling, war der wissbegierigste und ergriff als Erster das Wort. "Können wir Stichlinge das auch lernen"? rief er interessiert. Er hatte sich schon oft gefragt, warum das Leben so ist, wie es ist.

Er hatte auch schon den einen oder anderen Stichling befragt, aber eine erschöpfende Antwort hatte er nie bekommen. Die meisten hatten ihn nur verständnislos angeschaut, mit dem Kopf geschüttelt und waren dann davongeschwommen.

Aber, wenn der Maulwurf seinen Weg gefunden hatte, so wollte er, als Stichling, es auch versuchen. „Später, später reden wir weiter, Stanislaus, dann kannst du mich alles fragen, und ich werde dir antworten, so gut ich kann."

So unterbrach der Maulwurf den Dialog, denn gerade war der Schmetterling aus Bali eingetroffen und hatte sich auf dem Schmetterlingsbaum niedergelassen.

Alle schauten auf den Neuankömmling und waren gespannt, was er von seiner Insel berichten wollte.

Und wie es weltweit bei den Schmetterlingen üblich ist, tat auch er drei heftige Flügelschläge, mit denen er um Ruhe und Aufmerksamkeit bat. Es war mucksmäuschenstill, als der Ritterfalter mit seiner Erzählung begann.

Wider erwarten hatte sich sogar der Graulwurm zwischen den Fröschen am Teichrand platziert. "Guck dir den Graulwurm an", so krächzte eine Krähe der anderen leise zu. "Der alte Schlauberger, nörgelt an allem herum, weiß alles besser, aber glotzt neugierig wie kein zweiter."

„Na, ja, so ist er eben, der alte Graulwurm", so krächzte die andere Krähe versöhnlich zurück. Thula schaute missbilligend zu den Vögeln, aber jetzt, nach dem dritten Flügelschlag, hielten auch sie ihre vorlauten Schnäbel, und alle waren gespannt, was der Schmetterling zu berichten wusste.

"Kupu-Kupu, so nennt man uns Schmetterlinge auf meiner Heimatinsel Bali. Ich gehöre der Gattung der Ritterfalter an, und genauso werde ich auch genannt. Roxi Ritterfalter ruft man mich zuhause", so stellte sich der Balinesische Schmetterling vor. „Auf unserer Insel sind wir besonders beliebt. Wir leben in einem tropischen Garten mit verschlungenen Pfaden und schön angelegten Wasserläufen. Weit über tausend meiner Artgenossen, aller Größen, Farben und unterschiedlicher Herkunft leben dort friedlich zusammen. Alle Lebewesen, gleichgültig ob Mensch,

Tier, Baum oder Blume, haben eine Seele und einen Glauben. Und dieser Glaube, dass alles was lebt, eine Seele hat, prägt unser Leben und unser Handeln und lässt uns Rituale zelebrieren, die es anderswo kaum gibt. Eines davon ist die Verehrung des Ahnenkultes."

"Son Spinner, der hat uns gerade noch gefehlt", so brummte der Graulwurm vor sich hin. Doch der Blick von Friedrich, dem Frosch, ließ ihn verstummen, und das war besser für ihn. "Manchmal kann Schweigen das Leben verlängern", quakte Friedrich leise. Der Ritterfalter fuhr fort. "Ihr müsst wissen, der Gedanke, wie er in Europa häufig gedacht wird, dass der Tod ein Abschied für immer sei, ist uns Bewohnern auf Bali fremd."

Was es nicht alles so gibt, dachte der Graulwurm jetzt so bei sich, und ein kleiner Hoffnungsschimmer streichelte seine Seele.

Der Schmetterling erzählte weiter. "Wir Balinesen glauben an den Kreislauf der Wiedergeburt. Wir sehen und betrachten unser jetziges Erdendasein nur als eine von vielen Existenzen. Und so sind unsere Sitten und Bräuche wichtige Stationen in unserem Leben. Unser Glaube lehrt uns, wenn wir unsere Rituale pflegen und die Stunde des Abschieds naht, dass die Reise, in die andere Welt, nicht beschwerlich ist. Das jedenfalls sagt uns unsere Religion".

"Kiwitt-Uhu" krächzte die Eule, "ein tröstlicher Gedanke."

"Weint ihr nicht, seid ihr nicht traurig, wenn jemand stirbt, den ihr lieb habt?" fragte Gustav und dachte dabei an Oma Olga.

"Doch, traurig sind wir auch, nur anders, wir wissen, dass wir uns wiedersehen und das meist schon nach einem Jahr. Denn das, Gustav, ist das Ritual für unsere Ahnen und für die Seelen, die jetzt im Jenseits leben. Einmal im Jahr findet das Fest für unsere Ahnen statt. Und das in jedem Haus und in jeder Familie. Es ist ein großes Fest. Alle Häuser sind geschmückt, jede Familie trägt ihre schönsten Gewänder, und Wohlgerüche ziehen durchs Haus. Es wird reichlich aufgetischt, und an einer prächtigen Tafel, mit Kerzen und Blumen, heißen wir unsere Vorfahren und die Seelen aus dem Jenseits herzlich willkommen. Sie kommen jedes Jahr, um zu sehen, ob alles seine Ordnung hat und wir in Eintracht und Harmonie leben."

"Das ist ja spannend", quakte ein kleiner Frosch, der es sich auf einem Seerosenblatt gemütlich gemacht hatte und Roxi Ritterfalter bewundernd anschaute.

„Unsere Ahnen sind die Hüter unser geistigen Gesetze. Wir halten sie gerne ein, denn wir wollen die Liebe und Eintracht auf unserer Insel erhalten.

Und unsere Ahnen, aus dem Jenseits, achten streng darauf, dass es so bleibt. Das alles und noch vieles Andere lehrt uns unsere Religion." So erzählte der Schmetterling weiter.

"Donnerlittchen, wer hätte gedacht, dass es so was auch gibt", brummelte der Graulwurm leise. Gustav war beeindruckt und schaute zur rosaroten Wolke. Sie zwinkerte ihm zu, denn sie kannte die Sprache seiner Seele. Sie spürte, dass er irgendwann auch so denken und leben wollte wie der Ritterfalter.

"Es ist ganz einfach", so gab der Schmetterling zu bedenken, „überall wo Menschen leben, wird das Mögliche zur Realität, im Guten wie im Bösen. Wir Balinesen haben das Glück, dass unsere Ahnen jedes Jahr nach dem Rechten sehen und so das Gute die Oberhand behält." Bei diesen Worten schaute er den kleinen Gustav wohlwollend an.

"Wenn das so ist", schnaufte der Igel, " sollten wir für unsere Ahnen auch jedes Jahr ein Fest ausrichten und mit ihnen feiern", schlug er vor.

"Vielleicht nicht schlecht", warf der Graulwurm ein. "Aber... dazu muss man glauben." Der Graulwurm schaute noch mal nachdenklich zum Ritterfalter, nickte einen Abschiedsgruß, dann machte er sich auf den Heimweg.

"Gibt es Regeln für ein glückliches Zusammenleben?" fragte Gustav neugierig.

"Vielleicht ja, vielleicht nein, finde es heraus, Gustav, denn dazu bist du hier."

Der Balinesische Schmetterling schlug noch einmal mit seinen Flügeln, ließ ein Lächeln zurück und flog davon. Die Nachtigall sang ein wehmütiges Lied. Gustav legte noch schnell ein paar Fragen in sein Schatzkästchen. Die Eule rief ihr Kiwitt-Uhu, dann machten sich alle auf den Heimweg, und die Nacht legte sich über den Garten.

Nichts ist so, wie es scheint

Grabert, der Maulwurf, hatte seine Nachtarbeit beendet und den letzten Hügel aufgeworfen.

Igor, der Igel, hatte seine Runden im Garten gedreht, um nachzusehen, ob alles seine Ordnung habe.

In dieser Nacht hatte die Eule zum letzten Mal ihr Kiwitt-Uhu gerufen, die Amsel wollte gerade dem Morgenrot ein Ständchen bringen, als Gustav erwachte und verschlafen durch das Blattwerk seiner Behausung lugte. Er sah gerade noch, wie der Maulwurf sich den letzten Erdkrümel aus dem Gesicht wischte und sich anschickte, unter einem Maulwurfshaufen zu verschwinden.

„Halt, halt, Grabert", rief er, dabei hielt er schlaftrunken sein Schatzkästchen mit den Fragen in die Höhe. Es waren die Fragen des Jetzt und Hier, es waren die Fragen des Lebens, die ihn beschäftigten.

Da Gustav immer genau zuhörte und viel nachdachte, wuchs mit jeder Antwort eine neue Erkenntnis, und jede neue Erkenntnis warf eine neue Frage auf. Und so war es auch an diesem Morgen. Gustav hatte noch lange, bevor er einschlief, an den Balinesichen Schmetterling gedacht und an das, was er über die Wiedergeburt zu berichten wusste. Und genau mit diesen Gedanken war er eingeschlafen und wieder aufgewacht.

„Grabert, Grabert, ich muss dich was fragen."

„Später jederzeit", gab der Maulwurf zur Antwort. Mit diesen Worten war auch er endgültig unter einem seiner Hügel verschwunden.

Gustav hatte durch das Zusammenleben mit den Tieren im Garten schon gelernt, dass alles seine Zeit und seinen eigenen Rhythmus hat. Seine Freundin, die rosarote Wolke, die seinen Weg aus der Ferne immer beobachtete und gerade an ihm vorbeiflog und alle seine Sorgen und Nöte kannte, rief ihm noch zu: „Gustav, was dir heute noch lebenswichtig erscheint, wiegt sich morgen schon im Schlaf der Vergessenheit. Bis später, gib deinen Fragen die Zeit und den Raum, den sie brauchen. Du wirst auf jede Frage eine Antwort bekommen, mal früher und mal später, hab Geduld." Mit diesen Worten flog auch sie davon. Gustav schaute sich um. Plötzlich sah er den Graulwurm. Der trug ein Schild auf seinem Rücken, auf dem stand in großen bunten Lettern:

„Hier werden Lebensträume geschreddert!"

Zwar wusste Gustav, dass der Graulwurm ein merkwürdiger Kauz war und keine Gedanken der Anderen akzeptierte, sondern nur die eigenen gelten ließ, aber was er jetzt sah, verwunderte ihn sehr.

„Was hast du denn da, Graulwurm"? fragte er belustigt. „Lass gut sein Gustav, ich habe nachgedacht. Die Sprache ist die Quelle der Missverständnisse. Ich habe eben meinen Lebenstraum begraben und bin auf der Suche nach einem neuen".

„Kann ich dir helfen?" fragte Gustav, der immer bemüht war, Widrigkeiten aufzulösen und immer half, wenn er nur konnte.

„Ausgerechnet du", rief er hochnäsig, „du lernst doch selber noch, da müssen schon Grabert und die Eule her. Ich suche weiter und komme zurück, wenn ich nichts gefunden habe, und dann hole ich mir Rat." Mit diesen Worten zog auch der Graulwurm davon.

In diesem Augenblick fühlte sich Gustav sehr einsam, denn er war es nicht gewohnt, dass niemand Zeit hatte und jeder mit sich beschäftigt war. Gustav schaute sich ein wenig nachdenklich um und sah einen Schmetterling, der auf eine gelbe Blume zuflog, die in der Nähe seines Gedankennestes aufgeblüht war. Sie hatte sich an einer kargen Stelle niedergelassen und streckte sich dem Morgenlicht entgegen. Der Schmetterling ließ sich für einen Augenblick auf ihren Blütenblättern nieder, doch als er Gustav wahrnahm, der mit eiligen Schritten auf die Blume zulief, flog er davon.

Heute scheint keiner für mich Zeit zu haben, dachte er, und schon bald hatte er die Blume erreicht. „Ich bin Gustav und wohne hier in der Hecke, in meinem Gedankennest", so stellte er sich der Blume vor.

„Lilo Löwenzahn", entgegnete die Blume und lächelte ihn freundlich an. „Ich blühe heute zum ersten Mal", sagte sie etwas schüchtern und reckte sich dem Licht entgegen. Die Blume sah zufrieden aus. „Ist dir meine Gesellschaft angenehm, wollen wir gute Nachbarn werden?" fragte sie forschend und dabei schaute sie den kleinen Gustav fragend an.

„Natürlich, natürlich, gerne, du leuchtest so schön, von Innen und von Außen, du trägst ein prächtiges Blütenkleid, und die Schmetterlinge scheinen dich auch zu mögen. Sei mir herzlich Willkommen", und dabei berührte er liebevoll die gelben Blütenblätter des Löwenzahns.

„Aber, kannst du mir sagen, warum der Schmetterling nicht geblieben ist?" fragte Gustav, denn er glaubte, schon das Meiste über die Schmetterlinge erfahren zu haben.

„Schmetterlinge fliegen davon, wenn man sie jagt. Nur wenn man die Ruhe genießt und die Stille liebt, lassen sie sich nieder und genießen mit dir den Augenblick."

Gustav hatte etwas begriffen. „Also, auch bei den Schmetterlingen hat alles seine Zeit und seinen Rhythmus, Blume"? fragte er den Löwenzahn versonnen.

„So viel wie ich bislang erfahren habe", erklärte die Blume, „folgt jedes Lebewesen einem Lebensplan und seiner Bestimmung. Jedoch, jeder Plan ist anders und somit hat alles, was lebt, seinen eigenen Rhythmus und seine eigene Zeit. Selbst die Gefühle und Empfindungen sind unterschiedlich, je nachdem in welcher Lebenssituation wir uns befinden." So fuhr die Blume fort. „Es ist die innere und äußere Harmonie, die uns zufrieden und glücklich sein lässt. Es ist das Maß der Dinge, was uns im Gleichgewicht hält. Den Einen so, den Anderen so".

„Du scheinst eine kluge Blume zu sein. Meine Freunde, die Eule, die rosarote Wolke und Grabert, der Maulwurf, sehen die Dinge ähnlich. Von ihnen lerne ich gerade." Die Blume lächelte und reckte sich nochmal dem Licht entgegen und schaute auf das Schild, das der Maulwurf in seinen größten Hügel gesteckt hatte.

„Ist es bei euch üblich, dass Schilder in Maulwurfhaufen gesteckt werden?", dabei reckte sie sich noch einmal, um das Schild besser lesen zu können.

Die Blume schien beeindruckt, so etwas hatte sie noch nie gelesen. Jetzt las sie laut:

*„Hier ist Graberts Ratgeber-
und Philosophenschule"!*

„Weißt du, Gustav, mein Fallschirm hat mich schon an die unterschiedlichsten Ecken der Welt getragen, ich habe schon Vieles gehört und erlebt, aber ein Maulwurf mit einer Philosophenschule ist mir noch nie begegnet."

Gustav freute sich, dass er von seinen Freunden im Garten und von dem, was er bislang gelernt hatte, erzählen konnte. Und so erzählte er dem Löwenzahn von seiner Freundin, der rosaroten Wolke Penelope, von Thula, der weisen Eule, von den Schmetterlingen aus aller Welt, von Igor, dem Igel, von Schira, der Schnecke, er berichtete von den Nixen und den Fröschen im Teich. Sogar der Graulwurm hatte einen Platz in seiner Erzählung. Zum Schluss erzählte er von Papa Bär, wie er zu seinem Namen kam, und dass er das Haus des Abschieds ins Leben gerufen hatte, um Eltern und Kindern einen ruhigen Ort für einen würdevollen Abschied geben zu können, bevor sie sich mit dem Goldenen Stern auf die Reise in die andere Welt machten.

Lilo Löwenzahn hörte gebannt zu. Zwar stellte sie keine Fragen, doch gingen ihr viele Gedanken durch den Kopf. Sie schaute zum Himmel und zu den Wolken, die in unterschiedlichen Formen und Gestalten am Himmel spazierten. Die Blume dachte laut:

So wie die Wolken ziehen
So weicht das Glück der Trauer.
So wie die Wolken ziehen
So weicht die Trauer dem Glück.

Und so lässt die Hoffnung, die in uns wohnt, immer wieder neue Gefühle in uns wachsen. Alles hat seine Zeit. Wir leben, um zu erleben und um die Vielschichtigkeit des Lebens zu verstehen. Wenn man Trauer nie erlebt hat, kann man schwerlich das Glück erkennen, so sinnierte die Blume.

„Ist das immer so?" fragte Gustav. Er versuchte, den Gedanken des Löwenzahns zu folgen.

„Vielleicht ja, vielleicht nein. Ich versuche auch nur zu verstehen", sagte die Blume und sah sehr nachdenklich aus. „Ach Gustav", so fuhr die Blume fort, „jeder macht sich Gedanken zu einer bestimmten Situation. Doch jede Erkenntnis ist anders. Es kommt darauf an, welche Sicht man auf die Dinge hat und von welcher Erfahrung wir geprägt wurden."

„Habe ich dich richtig verstanden, Blume, dass sich Erkenntnisse verändern? Und dass, was ich heute noch für richtig halte, sich durch eine andere Erfahrung ins Gegenteil kehren kann?"

„Ja, so kann es sein", sagte die Blume und wiegte sich im schmeichelnden Wind.

„Also, du meinst, eine Erkenntnis gilt nicht für immer?"

„Nein, auch sie unterliegt, wie vieles Andere, einem ständigen Wandel."

Gustav zog sein Schätzkästchen mit den vielen Fragen aus der Hosentasche und legte einen neuen Zettel dazu.

Wann gilt eine Erkenntnis für immer? Das wollte er den Maulwurf und die Eule fragen, wenn sie sich am Abend sahen. Und wenn sie keine Antwort wussten, so blieb ihm immer noch die rosarote Wolke.

Vielleicht musste er aber auch auf eine neue Erfahrung warten, um zu einer neuen Erkenntnis zu kommen. All diese Gedanken waren in seinem Kopf und in seinem Herzen. Und mit einem freundlichen „Danke, Lilo Löwenzahn", zog er sich in sein Gedankennest zurück.

Der Goldene Stern

Dass Grabert, der Maulwurf, ein Philosoph ist und die Eule Thula weise, wusste mittlerweile jeder im Garten. Und dass die Zeit von Menschen gemacht war, um sich besser orientieren zu können, hatten alle Tiere, die dort lebten, längst begriffen.

Die Eule, die entgegen ihrer sonstigen Gewohnheit schon am Nachmittag unterwegs war, hatte sich auf dem Schmetterlingsbaum niedergelassen, um sich für einen Moment auszuruhen. Und so hatte sie durch das geöffnete Fenster eines Zimmers das Gespräch eines verzweifelten Elternpaares mit angehört. Der kleine Willi lebte schon seit einigen Wochen mit seinen Eltern im Haus des Abschieds. Sie hegten und pflegten ihn mit aller Hingabe, und der Gedanke an den nahen Abschied machte sie unendlich traurig. Oftmals ruhten sie sich am Nachmittag aus, um Kraft für die kommende Zeit zu sammeln. So war es auch an diesem Tag.

Nur heute war es anders. Sie schliefen ein und hatten einen wundersamen Traum, der ihnen einen Blick in eine andere Welt gewährte, denn Sanja hatte sich zu ihnen gesellt.

Sanja war ein weißes Pferd mit großen Flügeln. Meistens war das Pferd unterwegs. Es sammelte die verlorenen Träume der Menschen, denn seine Heimat war das Reich der Emotionen. Das weiße Pferd kannte das jenseitige Land und den Weg in die andere Welt. Oftmals hatte es schon Kinderseelen in Begleitung des Goldenen Sterns dorthin getragen. Sanja wusste, dass es dort heiter und fröhlich war und jede Seele, die dort lebte, ihre Erfüllung fand. Das Pferd kannte die Sorgen, die Ängste und die Trauer, die die Menschen in ihren Herzen trugen, wenn sie Abschied nehmen mussten.

Die Trauer konnte sie ihnen nicht nehmen, aber die Angst der Ungewissheit konnte sie mildern. Das weiße Pferd breitete seine Flügel aus und lud die Eltern, des kleinen Willi zur Traumreise in die andere Welt ein.

„Steigt auf, kommt mit", sagte das Pferd leise, und ein Traum hüllte die Seelen in eine weiche, warme Decke der Gefühle. Gemeinsam flogen sie davon.

Die jenseitige Welt zeigte ein heiteres, friedvolles Gesicht, und alle, die Teil dieser Welt waren, schienen glücklich.

Das spürten die Eltern des kleinen Willi. Als der Traum „Adieu" sagte und das Pferd sie zurück getragen hatte, wussten sie, wie die andere Welt aussah.

Als sie erwachten, stand der Goldene Stern über dem Garten. Alle Tiere hatten sich auf und unter dem Schmetterlingsbaum versammelt und schauten zum Fenster.

Der Abendwind sang für Willi ein Abschiedslied. Seine Eltern hielten ihn fest umschlungen, und der Wind sang:

> *Ich bin der Wind, nehm' deine Hand*
> *und führ' dich in ein andres Land.*
> *Ich bin der Wind und gebe acht,*
> *dass deine Reise wird sehr sacht.*
> *Ich bin der Wind, nun schlafe ein,*
> *ich werde dein Begleiter sein.*

Willi schenkte seinen Eltern ein letztes Lächeln. „Wir sehen uns wieder" flüsterte er.

„Wir wissen es", sagten sie, „wir lieben dich."Dann stieg die Seele des kleinen Willi auf Sanjas Rücken und der Goldene Stern begleitete sie in das andere Land.

Papa Bär und alle Tiere im Garten winkten Willi einen Abschiedsgruß zu.

WER
WEISS
WOHIN

Auch als Hörbuch zu
beziehen unter:

www.traumfluegel.de

Mehr zu weiteren Arbeiten von
Christel Maria Zwillus
auf den folgenden Seiten.

**Weitere Werke
von Christel Maria Zwillus**

Hörbücher:

Traumflügel
Eine wundersame Reise
ins Land der Emotionen

Nelly, die kleine Zauberin, wollte
das Besondere zaubern lernen. Ihr
Vater, der alte Zauberer, erklärte
ihr, dass auch die Zauberei ihre Grenzen hat. Man könne zwar
Großes klein, Dickes dünn und Schwarzes weiß zaubern, Nelly
aber hatte sich nun einmal in den Kopf gesetzt, Gefühle kennen zu
lernen, um Harmonie zaubern zu können. Sie schlug die Ratschlä-
ge und Erklärungen des alten Zauberers in den Wind und machte
sich auf den Weg zum Bach der Wiederkehr.

Rügen Kap Arkona die Kreidezwerge
und der alte Wendengeist

Mystische Geschichten für Groß und Klein vom Inselparadies.
Eine spannende Zeitreise durch die Inselgeschichte Rügens beginnt. Sie erzählt vom gestohlenen Schatz der Kreidekönigin. Sie
ist die Hüterin der Weisheit, ihr Volk sind die grünen, weißen und
braunen Zwerge. Von Pitrelli, dem Seepiraten und seinen Freunden
den schwarzen Zwergen. Sie sind wahre Unholde, sie missachten
die Naturgesetze und richten manches Unheil an.

Charlotta Schokolotta und Pivo der Pillewurm

Charlotta Schokolotta lebt bei Ihrer Tante Frieda Spitzfuss, auf
einem Hausboot. Ihr Vater, Papa Ole, ein alter Seefahrer, kommt
zwischen zwei Seereisen nach Hause und bringt seinen Freund
Pivo, einen sprechenden und zaubernden Pillewurm mit. Der
Pillewurm verträgt die Seefahrerei nicht mehr und soll nun auf
dem Hausboot wohnen. Papa Ole und Pivo erzählen spannende
Geschichten von den sieben Weltmeeren und davon, was ihnen
dort begegnet ist.

Gustav und die rosarote Wolke Penelope 1

Gustav und Penelope entdecken gemeinsam die Welt des Traumes und der Realität und sie begreifen deren Bedeutung. Gustav ist ein Junge, fünf Jahre und befreundet mit der rosaroten Wolke Penelope. Sie erklären sich gegenseitig die Gesetzmäßigkeiten des Himmels und der Erde. Durch das gemeinsame Erleben lernen sie die Gedanken und die Welt des Anderen zu begreifen und zu verstehen. So möchte Gustav gern die Sommersprossen seiner Schwester haben, weil er glaubt, damit lustiger auszusehen.

Gustav und die rosarote Wolke Penelope 2

Bei den Trollen ist mächtig was los, denn auch im Tierreich gibt es Bösewichte. Die Gebrüder Specht haben den Schmiedehammer gestohlen. Die Trolle sind verzweifelt und zornig, denn sie brauchen den Schmiedehammer für ihre Schmiedekunst. Außerdem ist die Hexe Rocha an den See zurückgekehrt, sie will den Weltenbaum vergiften. Dazu will sie den kleinen Troll, Rollo Rumpel, missbrauchen. Der kleine Troll kann Gut und Böse noch nicht so recht unterscheiden, und die Hexe hat ein leichtes Spiel.

Monstergeschichten auf Hiddensee: Hiddensee und das kleine Monster Krakelmakel

Das kleine Monster Krakelmakel will nicht Monstern lernen. Dafür erntet es den Hohn und Spott seiner Schwestern Thatita und Utensilia. Krakelmakel freundet sich mit dem gestrandeten Piraten Barbarossa Pitrelli an. Beide wollen ein neues Leben beginnen. Sie suchen Rat bei der weisen Eule Thula, denn nur sie kennt das Geheimnis der Zaubersprüche im großen Buch der Ratsuchenden. Eine spannende Zeitreise durch die Geschichte der Piraterie beginnt.

Lese- und Hörproben sowie weitere Informationen:

www.traumfluegel.de

Sachbuch:

Gesund abnehmen
im Einklang mit Körper,
Geist und Seele

Immer deutlicher wird von Ernährungs-
fachleuten darauf hingewiesen, dass men-
tale Faktoren einen entscheidenden Ein-
fluss auf das Körpergewicht haben. Nut-
zen Sie jetzt mit Hilfe dieses Buches die
einfache und doch so effektive Methode
des Mentaltrainings und der Autosuggesti-
on, mit deren Hilfe sich überflüssige Pfun-
de schnell und dauerhaft verbannen lassen.

In diesem unkomplizierten Ratgeber wird dem Übergewicht aber
gleich auf mehrfache Weise der Kampf angesagt.

ISBN: 3-937464-12-2

Kontakt: Christel Maria Zwillus
                   Brüsseler Str. 14
                   13353 Berlin
                   christelmariazwillus@web.de
                   www.traumfluegel.de

Zeitfracht Medien GmbH
Ferdinand-Jühlke-Straße 7
99095 Erfurt, Deutschland
produktsicherheit@kolibri360.de